修訂版

中學生文學精讀・宋詞

莊澤義 選注

責任編輯　　舒　非　常家悅

書籍設計　　陳德峰

書　　名　　**中學生文學精讀・宋詞**（修訂版）

選 注 者　　莊澤義

出　　版　　三聯書店（香港）有限公司

　　　　　　香港北角英皇道 499 號北角工業大廈 20 樓

　　　　　　Joint Publishing (H.K.) Co., Ltd.

　　　　　　20/F., North Point Industrial Building,

　　　　　　499 King's Road, North Point, Hong Kong

香港發行　　香港聯合書刊物流有限公司

　　　　　　香港新界大埔汀麗路 36 號 3 字樓

印　　刷　　美雅印刷製本有限公司

　　　　　　香港九龍觀塘榮業街 6 號 4 樓 A 室

版　　次　　2016 年 10 月香港第一版第一次印刷

規　　格　　特 16 開（150 × 210 mm）296 面

國際書號　　ISBN 978-962-04-4038-0

© 2016 Joint Publishing (H.K.) Co., Ltd.

Published & Printed in Hong Kong

目錄

凡例

一、本書選輯宋詞八十六首，入選詞家四十二人。讀者可藉本書了解宋詞概貌，窺知其神髓精蘊，提高對宋詞的欣賞能力。

二、本書詞家的排列，以生年前後為序；同一詞家的作品則大體按其寫作時間的先後順序排列。

三、每位詞家的作品之前，附有作者簡介；每篇詞作另有題解、注釋、詞意、賞析等幾個部分，以幫助讀者理解原詞。

四、不好理解、多種理解、可以爭論，是古代詩詞的特點。讀者在學習每一篇詞作的時候，不必囿於本書所提供的理解，能提出疑問，有自己的見解，才是學有所得的表現。

讀詞常識（代前言）

詞是長短句的配樂的詩。

詞與漢代的樂府詩不同，不但因為音樂的不同（漢代樂府的音樂是漢族傳統的國樂，而詞的音樂則是隋唐時代外來的音樂和當時的民間音樂結合的新聲燕樂），而且漢代的樂府詩是先寫了詩，然後拿到樂府機關去配樂，而詞則是先有了曲調，然後按調填詞。

因為詞是先有曲調，然後按調填詞，所以它的本名叫「曲子詞」或「歌詞」，也有叫做「樂府」、「琴趣」的，又因為它的句子長短不齊，所以也叫「長短句」。

有人認為詞是承繼詩歌的餘緒而來的一種新興的協律文學，因而又有「詩餘」的別稱。

詞最早產生於隋唐時代的民間，而大盛於宋。

到了宋代，通過柳永和蘇軾在創作上的重大突破，詞的內容和形式都有了巨大的發展。儘管詞在語言上受到了詩作的影響，但是典雅雕琢的風尚並未能完全取代其通俗的民間風格。而詞的句子長短不一，便於歌唱，比起絕句、律詩來要自由得多，在抒寫感情方面也便於精雕細琢，因而在

題材上偏重於男女相思、情事。所以，所謂「詩莊詞媚」、「詩言志，詞抒情」的說法是有它的一定根據的。

　　詞在產生之初，都比較短小，後來出現了較長的作品，一般依照字數的多少分為三類。五十八字以內的稱為「小令」，五十九字至九十字以內的稱為「中調」，九十一字以上的稱為「長調」或「慢詞」。

　　一首詞，有的只有一段，稱為「單調」；有的分兩段，稱為「雙調」；也有的分三段或四段，稱「三疊」、「四疊」。

　　詞的段落叫做「闋」，也叫做「片」，最常見的是分上下兩片。全首第一句叫「起拍」；第一段完了，第二段再起叫「換頭」或「過片」；全首詞最後一句稱為「煞拍」或「結拍」。

　　詞有詞牌。原先，詞牌既作為詞的曲調名，又與該詞的內容相關。後來倚曲填詞，內容往往與詞牌無關，所以有的詞人便會在詞牌底下另加副題或小序說明。

　　詞牌除了表明曲調的性質外，也對總字數、分段、句數、每句字數、平仄與用韻作了規定。例如〈念奴嬌〉這個詞牌，詞譜規定是雙調一百個字。它的平仄、押韻格式是這樣的：

仄平平仄，
仄平仄、
平仄平平平仄。
仄仄平平平仄仄，
仄仄平平仄仄。
仄仄平平，
平平仄仄，
仄仄平平仄。

仄平平仄，
仄平平仄平仄。
平仄平仄平平，
仄平平仄仄，
仄平平仄。
仄仄平平平仄仄，
仄仄平平平仄。
仄仄平平，
平平仄仄，
仄仄平平仄。
仄平平仄，
仄平平仄平仄。

　　這裏打圈的字表示可平可仄，底下打△符號的字表示押韻的位置。從上面的詞譜可以知道，〈念奴嬌〉的前、後片各十句，而前、後片第三、五、八、十句押韻，均用仄聲韻。（因為這個詞牌寫的詞大多是抒發豪放激越的感情，所以多用入聲韻。）

　　詞，大體上可分為婉約派和豪放派。

　　婉約派多以艷情為題材，在形式上則以蘊藉雅正見長，嚴守音律，講究含蓄，語言清麗，曲盡情態。婉約派的重要作家有柳永、晏幾道、秦觀、賀鑄、周邦彥和李清照，以柳永、李清照為其代表，而在講究錘煉字句、律度嚴整方面，周邦彥尤為突出。

　　豪放派的詞人多有強烈的政治熱情、豪爽的英雄本色，胸懷坦蕩，抱負遠大，所以能突破「詞為艷科」的藩籬，凡抒情、狀物、記事、說理、懷古、感舊，無事無意不可入詞，開拓了詞的題材領域；又敢於突破音律

束縛，不喜剪裁以就音律，暢所欲言，直抒胸臆，意境雄奇闊大，風格豪邁奔放，語言流麗暢達。這一派的重要作家有蘇軾、張元幹、張孝祥、辛棄疾、陳亮等，以蘇軾和辛棄疾為其代表。

莊澤義

一九九四年十一月

酒泉子

潘閬

【作者】

　　潘閬（音「朗」。生年不詳，卒於 1009 年），字逍遙，大名（今屬河北省）人。宋太宗至道元年（995 年）賜進士，授四門國子博士（國立大學的教官）。後以「狂妄」的罪名被斥，隱姓埋名飄泊多年，以賣藥為生。到了宋真宗時得到赦免，做過滁州（今安徽省滁州市）參軍（州府裏分科辦事的官吏）。能詩詞，名重一時。今傳《逍遙詞》。

【題解】

　　這是一首描繪錢塘江秋潮壯麗景象的詞，一向享有盛譽，被詞家譽為

古來觀潮詞作的絕唱。

【詞文】

　　長憶觀潮 ❶，滿郭 ❷ 人爭江上望。來疑滄海盡成空，萬面鼓聲中。　　弄潮兒 ❸ 向濤頭立，手把紅旗旗不濕。別來幾向夢中看，夢覺尚心寒。

❶　潮：指錢塘江潮。錢塘江大潮在每年農曆八月十八日，由於江口大而江身小，起潮時海水從寬達一百里的江口湧入，被兩旁漸漸收窄的江岸和江心堤壩阻擋，釀成滔天巨浪，令人歎為奇觀。

❷　郭：城，指杭州城。北宋時，錢塘觀潮的地點在杭州，後來改在浙江海寧。

❸　弄潮兒：指在潮頭踩水表演的小伙子，現比喻有勇敢進取精神的人。周密《武林舊事·觀潮》載：「吳兒善泅者數百，皆披髮文身，手持十幅大彩旗，爭先鼓勇，溯迎而上，出沒於鯨波萬仞中，騰身百變，而旗略不沾濕，以此誇能。」

【詞意】

　　錢塘觀潮，久久難忘。大潮那天，滿城萬人空巷，湧到江邊眺望。看那潮水鋪天蓋地而來，教人疑是滄海全被倒空；那轟隆巨響，猶如萬面戰鼓一齊擂動。

　　弄潮兒迎着濤頭挺立，手擎紅旗在巨浪中搏擊，紅旗略不沾濕。離別錢塘以後，多次夢見觀潮的壯觀場面，夢中驚醒仍覺膽顫心寒。

【賞析】

這首描寫錢塘觀潮的名詞，上片主要寫潮水的氣勢。作者巧妙地避開對江潮正面的描寫，「來疑滄海盡成空」一句，揉合比喻、誇張等手法，把錢塘江潮排山倒海的非凡氣勢，渲染得淋漓盡致，又為下片寫弄潮兒作了過渡和鋪墊。

詞的下片着重寫弄潮兒的絕技和勇敢精神。首兩句是正面描寫，後兩句從字面上看是寫作者的內心感受，而實際上仍是在讚頌弄潮兒。弄潮兒表演的場面頻頻入夢，夢醒仍覺心寒，則當時的驚險更可想而知，而弄潮兒的高超技藝和勇敢精神亦不言自明。

漁家傲

范仲淹

【作者】

　　范仲淹（989 至 1052 年），字希文，江蘇吳縣（今蘇州市）人。北宋的名臣名將，也是著名的文學家。他的詞作不多，但很有特色，散文也寫得很好，著名的〈岳陽樓記〉就是他寫的。

　　范仲淹小時候家境貧困，在離家一里之遙的醴泉寺借一間舊僧舍自修。每天五更雞啼，范仲淹即披衣下床。第一件事，是取米三合，煮好一鍋稀粥，待冷凝後用刀劃為四塊，再切幾根鹹菜。早晚各取兩塊粥，和着鹹菜充飢，一連三年，天天如此，這就是「劃粥斷韲」的感人故事。

　　「劃粥斷韲」的艱苦磨煉，終於使范仲淹成為品學兼優的一代偉人，他那「先天下之憂而憂，後天下之樂而樂」（〈岳陽樓記〉）的崇高襟抱，為後世所稱頌。

范仲淹詞作不多，他的邊塞詞〈漁家傲〉反映邊地風光和征戰勞苦，突破了詞限於男女與風月的界線。有人認為范仲淹的邊塞詞開了豪放派的先河，似屬過譽。今傳《范文正公詩餘》（僅六首）。

【 題解 】

　　自宋仁宗康定元年（1040 年）起，詞人率軍駐守陝西，抗禦西夏入侵，前後約四年。這首詞就是寫在守邊任上，反映守邊將士思鄉的心情和邊塞生活的艱苦，是宋代詞作中的著名篇章。

【 詞文 】

　　塞下 ❶ 秋來風景異，衡陽雁 ❷ 去無留意。四面邊聲 ❸ 連角 ❹ 起。千嶂 ❺ 裏，長煙 ❻ 落日孤城閉。　　濁酒一杯家萬里，燕然未勒 ❼ 歸無計。羌管 ❽ 悠悠霜滿地。人不寐 ❾，將軍白髮征夫淚。

❶　塞下：即塞外，指西北邊防要地。塞，音「菜」，邊塞。

❷　衡陽雁：指南歸之雁。湖南衡陽境內的南岳衡山七十二峰之首為回雁峰，相傳大雁到此不再南飛，到了春天又飛回北方。

❸　邊聲：邊塞特有的聲音，所包甚廣，如風聲、馬嘶聲、笛聲、胡笳聲等。

❹　角：軍中的號角。

❺　嶂：屏障一樣直立的山峰。

⑥ 長煙：形容籠罩四野、飄入雲際的煙氣。

⑦ 燕然未勒：還未能在燕然山刻石紀功。指邊患未平，功業未立。據《後漢書·竇憲傳》記載，東漢車騎將軍竇憲追擊匈奴到燕然山，在山上刻石紀功而回。碑銘是大文學家班固寫的。燕然山，即今蒙古國境內的杭愛山。燕，音「煙」。

⑧ 羌管：即羌笛，樂器原出西北羌族，長二尺餘，三孔或四孔。羌，音「疆」。

⑨ 不寐：失眠。寐，音「味」。

【詞意】

塞下秋光，風景大異。雁群都無心留戀，逕向衡陽飛去。黃昏時分，邊地特有的聲音，伴隨着軍中號角響起。層巒疊嶂裏，暮靄沉沉，落日斜照，孤城的城門早已緊緊關閉。

一杯濁酒，難以排解離家萬里的鄉思，可是，邊亂未平，燕然山尚未刻上平胡的功績，哪能作歸計？羌笛悠悠，寒霜遍地，如此情景如此夜。人不睡 —— 將軍白髮滿頭，士兵則悄悄地流着思鄉淚。

【賞析】

上片開筆點出題意，塞下之秋，風景甚異。這個「異」字統領上片，「衡陽雁去」以下四句全在形容塞下秋景的「異」。詞人疊用歸雁、邊聲、落日、孤城，層層渲染，烘托出一派荒涼而又肅殺的戰地氣氛。有這麼一個荒涼、肅殺的氣氛，下片所抒寫的征人之鄉愁、苦悶便顯得自然和深刻了。

許多詞評家都盛讚這首詞的情調悲壯慷慨，只是「燕然未勒」，邊患未平，久戍邊塞的將士竟然苦於「歸無計」而借酒澆愁、霜夜失眠。全詞以「將軍白髮征夫淚」作結，更令情調偏於低沉。歐陽修嘲笑范仲淹的邊塞詞作是「窮塞主」之詞，雖然失之尖刻，但似並非全無道理。

蘇幕遮

范仲淹

【作者】

見第 4 至 5 頁。

【題解】

這首詞的寫作時間和寫作背景與上一首相同，只不過這一首純粹抒寫思鄉之情。有的詞評家說它有所寄託，隱含「憂天下」之意，似乎失之穿鑿。

【詞文】

碧雲天，黃葉地。秋色連波，波上寒煙翠。山映斜陽天接水，芳草無情，更在斜陽外 ❶。　　黯鄉魂 ❷，追旅思 ❸。夜夜除非 ❹，好夢留人睡。明月樓高休獨倚，酒入愁腸，化作相思淚。

❶　斜陽外：在夕陽以外的天涯。

❷　黯鄉魂：思念家鄉，黯然銷魂。

❸　追旅思：羈旅愁思，纏擾不休。思，音「試」。

❹　夜夜除非：是「除非夜夜」的倒裝，與下面的「好夢留人睡」是一句，不是兩句。中間的逗號只是表示詞調在節拍上的停頓。

【詞意】

雲彩在藍天飄浮，黃葉鋪滿了大地。無邊的秋色和遠處的江波連成一片，江波上蒸騰着翠綠色的輕煙，教人感到陣陣寒意。山映斜陽，藍天接水，那無情的芳草，更向着夕陽外的天涯延伸，無邊無際。

秋景勾起鄉思，教人黯然神傷；羈旅的愁苦，纏擾心頭不去。我夜夜難眠，除非偶有歸家好夢，才能使我酣睡。啊，月夜不要登樓獨倚欄杆眺望，那樣只會徒增愁緒。還是喝它幾杯，藉以解憂；誰知酒入愁腸，全都化作相思情淚！

【賞析】

這首詞的寫作背景與前一首相同，可以參照着讀。

〈漁家傲〉着重表現戍邊戰士之苦，用詞簡樸，在抒發鄉情時，悲傷中透出慷慨蒼涼的味道，詞風偏向豪放、沉雄。而這一首則純粹抒寫詞人思鄉、思家的情懷，上片使用了較多色彩明麗的詞語，「芳草無情」反襯出詞人思鄉之情的強烈；下片純寫鄉思，溫柔細膩，詞風偏向清婉，煞尾「酒入愁腸，化作相思淚」兩句，造語新奇，讀來令人動情。

雨霖鈴

柳永

【作者】

　　柳永（980〔？〕至1053〔？〕年），字耆卿，初名三變，排行第七，也稱「柳七」。福建崇安人。

　　柳永早年到汴京應試時，因擅長詞曲，結識了許多歌妓，創作了大量適合歌唱的新詞，在當時極為流行。宋人葉夢得《避暑錄話》說：「凡有井水處，即能歌柳詞。」

　　柳永在科場失意時，曾寫過一首〈鶴沖天〉詞，發洩懷才不遇的牢騷，其中有「忍把浮名，換了淺斟低唱」等句。有人曾向宋仁宗舉薦柳永，宋仁宗惱怒地說：「得非填詞柳三變乎？……且去淺斟低唱，何要浮名！」（嚴有翼《藝苑雌黃》、吳曾《能改齋漫錄》），柳永受此打擊之後，別無出路，失意無聊地流連坊曲，自嘲為「奉旨填詞柳三變」。

直到景祐元年（1034 年），柳永才中進士，這時他已年過半百。做過屯田員外郎（工部屯田司的助理官），世稱「柳屯田」。晚景淒涼，他的喪事據說還是一些熱心的歌妓湊錢辦理的。

柳永的詞以寫羈旅行役、離情別緒最為出色，感情純真、大膽，善於用鋪敘和白描的手法，又能吸收、運用大量生動活潑的民間語言，對宋詞的發展（特別在慢詞方面）起了很大的促進作用。有《樂章集》傳世。

【題解】

這首詞是柳永的代表作。

在一個秋天的傍晚，柳永由於仕途失意，不得不離開京城，和他的戀人在長亭話別。這首詞敘寫的是別情，也隱隱透露出詞人抑鬱不得志的淒楚。

【詞文】

寒蟬淒切，對長亭 ❶ 晚，驟雨初歇。都門帳飲 ❷ 無緒 ❸，留戀處，蘭舟 ❹ 催發。執手相看淚眼，竟無語凝噎 ❺。念去去，千里煙波，暮靄沉沉楚天 ❻ 闊。　　多情自古傷離別，更那堪、冷落清秋節！今宵酒醒何處？楊柳岸，曉風殘月。此去經年，應是良辰好景虛設。便縱有千種風情，更與何人說？

❶　長亭：古時驛路上十里設一長亭，五里設一短亭，都是讓行人休息的地方。

❷ 都門帳飲：在京城郊外，張設帷帳宴飲送行。

❸ 無緒：沒有心緒。

❹ 蘭舟：木蘭樹做成的船。一般用作船的美稱。

❺ 凝噎：喉嚨像是被堵住了，說不出話來。

❻ 楚天：古時的楚國在南方，因此「楚天」泛指南國的天空。這裏暗示詞人將要去的地方。

【詞意】

秋日的傍晚，在送別的長亭旁邊，蟬兒正在哀鳴，一陣驟雨剛剛停歇。戀人在京都城外設帳擺宴送行，可是此時哪有心緒暢飲？正戀戀難捨，船家卻頻頻催促出發。手兒相握，淚眼相對，兩人竟然傷心地無語哽咽。料想此去千里路途，浩渺煙波遠隔。你看那空曠的南天，此刻正瀰漫着濃雲暮色……

自古以來，多情人總是感傷離別，更何況在這清秋時節！今天夜晚酒醒時候，我又該身在何處？陪伴我的，想必只有柳岸、曉風、殘月。這一次分別將是年復一年，來日的良辰美景等同虛設。縱使心中再有千萬種柔情蜜意，又該向誰去說？

【賞析】

這首詞是抒寫離情的名篇。上片的「都門」兩句寫餞別時的心情，「執手」兩句寫臨別時的情景，都極為委婉傳神。

更令人擊節讚歎的是下片詞人對別後種種境況的想像。「今宵酒醒何處？楊柳岸，曉風殘月」，以柳岸、曉風、殘月這些淒清冷落的景物，形象地襯托出離人的孤單和相思之苦，情與景妙合得天衣無縫，已成了千古傳誦的名句。

　　結尾四句繼續拓開別後經年的情景想像，細膩地抒寫出詞人失去愛情慰藉的痛苦和執着纏綿的相思情意，餘味無盡。

望海潮

柳永

【作者】

見第 11 至 12 頁。

【題解】

根據宋人楊湜《古今詞話》記載，柳永想謁見杭州地方官孫何，因門衛森嚴進不去，就填了這詞交給名妓楚楚在孫何的宴席上演唱，以便作為晉見的階梯。孫氏約於宋真宗咸平三年（1000 年）至景德元年（1004 年）之間在杭州任兩浙轉運使，這首詞應是作於這幾年間。

這首詞以生動的筆調概括了錢塘江的壯觀，西子湖的美景和杭州的繁

華，把昇平氣象形容得淋漓盡致，在當時很負盛名。

　　相傳一百六十年以後，金主完顏亮聽到這支歌曲，被詞中「三秋桂子，十里荷花」所吸引，所以動了南侵的念頭。這自然是誇張的說法。但是這首詞傳播之廣，則是無庸置疑的。

【詞文】

　　東南形勝❶，三吳❷都會，錢塘❸自古繁華。煙柳畫橋，風簾❹翠幕❺，參差❻十萬人家。雲樹繞堤沙，怒濤捲霜雪，天塹❼無涯。市列珠璣❽，戶盈羅綺，競豪奢。　　重湖❾疊巘❿清嘉⓫，有三秋⓬桂子⓭，十里荷花。羌管⓮弄⓯晴，菱歌泛夜，嬉嬉釣叟蓮娃。千騎⓰擁高牙⓱，乘醉聽簫鼓，吟賞煙霞⓲。異日⓳圖⓴將㉑好景，歸去鳳池㉒誇。

❶　形勝：地理形勢重要、優越的地方。

❷　三吳：指吳興郡、吳郡和會稽郡。泛指現今的江蘇、浙江一帶地區。

❸　錢塘：即今杭州市，舊屬吳郡。

❹　風簾：擋風的簾。

❺　翠幕：綠色的帷幕。

❻　參差：音「侵雌」，形容房子高低不齊。

❼　天塹：天然的壕溝，指錢塘江。塹，音雌厭切，壕溝。

❽　珠璣：泛指珠寶飾物。

❾　重湖：指西湖。西湖以白堤為界，分為裏湖、外湖，所以稱之為「重湖」。

⑩　疊巘：重疊的山巒。巘，音「演」。

⑪　清嘉：清秀美麗。

⑫　三秋：夏曆七月為孟秋，八月為仲秋，九月為季秋，合稱「三秋」。這裏泛指秋天。

⑬　桂子：桂花。

⑭　羌管：即羌笛，管樂器，原出西北羌族。

⑮　弄：演奏。

⑯　千騎：形容隨從很多。騎，音「技」，一人一馬之合稱。

⑰　高牙：高大的軍旗。古代軍旗旗杆上以獸牙作為裝飾，所以稱軍旗為「牙旗」。

⑱　煙霞：代指山光水色。

⑲　異日：他日。

⑳　圖：畫，作動詞用。

㉑　將：語助詞，沒有意義。

㉒　鳳池：即皇家禁苑鳳凰池。魏晉時設中書省，近鳳凰池，其長官為事實上的宰相，多得皇帝的寵任，所以這一職位有「鳳凰池」的美稱。這一句是奉承孫何的話，意思是說：孫何在杭州的政績卓著，定能升任宰相，那時可以把杭州的美景畫成圖冊，回到朝廷中去誇耀。

【詞意】

　　佔盡東南優勝的地勢，曾是吳越的京都，杭州 —— 自古以來便是如此繁華。如煙的柳條掩映着畫橋，懸掛着風簾、翠幕的樓舍參差錯落，住着十萬人家。綠樹似雲，環繞着沙石長堤；怒濤洶湧，翻捲起雪白浪花。啊，錢塘江就像是天然的濠溝，望不到它的際涯！街市上陳列着珍珠寶

飾，家家戶戶充盈着綢緞綾羅，競相炫耀闊氣豪奢。

看那西湖岸邊，層巒疊嶂，風景絕佳。三秋有飄香桂樹，盛夏有十里荷花。白天羌笛聲蕩漾，夜晚採菱曲飛揚，湖面上總是有釣魚老翁和採蓮姑娘的笑語喧嘩。州郡長官前來遊湖，千騎隨從簇擁着高大的牙旗，聲勢何等浩大！趁着幾分醉意，您欣賞民間的簫鼓音樂，吟詠詩章來讚美山嵐雲霞。日後入朝為官，定將這西湖美景細細描畫，好向同僚炫誇。

【賞析】

全詞扣緊杭州的「形勝」和「繁華」來寫，兩條線索有分有合，交叉寫來，井然有序，一筆不懈。

大量使用偶句，也是這首詞的一大特點。全詞二十三句，光是四字一句的對語便有六對。這種賦體的筆法最適宜鋪敘渲染，對於再現杭州這座風景名城的面貌，真有淋漓盡致的藝術效果。

「三秋桂子，十里荷花」看似信手拈來，實則巧妙地攫住了西湖夏秋間景物詩意的靈魂，讀來確實令人神往。

蝶戀花

柳
永

【作者】

見第 11 至 12 頁。

【題解】

這是一首懷念遠方戀人的作品。

有的版本題作〈鳳棲梧〉。〈鳳棲梧〉和〈蝶戀花〉是同一詞調的不同名稱。

「衣帶」兩句，千百年來已成為傳誦不衰的名句。

【詞文】

　　佇❶倚危樓❷風細細，望極春愁，黯黯生天際。草色煙光殘照裏，無言誰會憑闌意？　　擬❸把疏狂❹圖一醉，對酒當歌❺，強樂❻還無味。衣帶漸寬❼終不悔，為伊消得❽人憔悴。

❶　佇：音「柱」，久立。

❷　危樓：高樓。

❸　擬：打算。

❹　疏狂：行為放縱、散漫，不受禮法約束。

❺　對酒當歌：喝酒聽歌。當，與「對」並舉，不作「應當」解。典故出自曹操〈短歌行〉：「對酒當歌，人生幾何！」

❻　強樂：勉強尋歡作樂。

❼　衣帶漸寬：衣帶漸漸鬆了，暗示人日漸消瘦。

❽　消得：值得。

【詞意】

　　久倚高樓，風兒細細。極目遠望，一縷春愁黯然生於天際。看夕陽殘照裏的草色山光，我憑欄無語，有誰理解我此刻心意！

　　也曾打算對酒當歌，放縱地喝它一個爛醉。無奈勉強作樂，沒有一點興味。我的衣帶一天天寬鬆，人也一天天憔悴，為了伊人，消瘦、憔悴全都值得——我執意不悔！

【賞析】

　　這首詞一開始便借景而生發出相思之情，「望極春愁，黯黯生天際」，想像至為奇特。而後把筆鋒一轉，打算借酒消愁，假裝瀟灑地自我寬解。可是，「強樂還無味」，索性任它相思下去，為了自己心上的人，顧不得那麼許多了。「衣帶漸寬終不悔，為伊消得人憔悴」兩句，把思念戀人的感情推向高潮。下片五句中百轉千迴，道盡了兒女相思的況味。

玉蝴蝶

柳永

【作者】

見第 11 至 12 頁。

【題解】

這是一首寫秋天雨後思念故友的詞。

【詞文】

　　望處雨收雲斷，憑闌悄悄，目送秋光。晚景蕭疏，堪動宋玉❶悲涼。水風輕、蘋花❷漸老，月露冷、梧葉飄黃。遣情傷。故人何在？煙水茫茫。　　　難忘。文期酒會❸，幾孤❹風月，屢變星霜❺。海闊山遙，未知何處是瀟湘❻。念雙燕、難憑遠信，指暮天、空識歸航。黯相望。斷鴻聲裏，立盡斜陽。

❶　宋玉：戰國時代著名的辭賦家，借指作者自己。

❷　蘋花：白蘋，一種淺水中多年生草本植物，夏秋間開白色的小花。

❸　文期酒會：飲酒賦詞的聚會。期，約。

❹　孤：通「辜」，辜負。

❺　星霜：星一年一週轉，霜每年依時而降，所以用「星霜」指歲月。

❻　瀟湘：指瀟水和湘水，均在湖南境內，二水在零陵匯合為湘江流入洞庭，瀟湘合稱一般指湘江。這裏化用柳宗元〈得盧衡州書因以詩寄〉詩句：「非是白蘋洲畔客，還將遠意問瀟湘。」借用「瀟湘」虛指故人所去之處。

【詞意】

　　悄悄憑欄，看驟雨剛歇，烏雲散盡，滿目秋日風光。晚來景色蕭殺，觸動詩人的悲思愁腸。西風輕輕拂過水面，蘋花已漸枯萎，梧桐也不堪月夜露冷，片片黃葉飛揚。此情此景，感傷最是難以排遣，故人何在？——眼前只見江上飄着煙靄，一派迷茫。

　　想當年的詩酒聚會，歡樂情景至今難忘。別來辜負了多少次風清月

明，又經過了多少次寒來暑往。如今海闊山遙，故人啊，你到底身在何方？尋思眼前的雙燕，難託遠信，唯有指望日暮天邊開來的船隻，卻幾度錯認歸航。孤雁聲中，斜陽西沉，我仍悵然佇立，向着天際凝望⋯⋯

【賞析】

這首詞上片寫景秀淡，是柳永的特色：西風輕拂，蘋花漸老，月寒露冷，梧桐飄黃，此情此景，不由人產生淒清孤寂之感。上片結句「煙水茫茫」既以迷茫不盡的景色暗喻朋友的遠離，又形象地道出詞人思念故友的茫然心緒。

下片憶舊寫情，波瀾起伏，錯落有致。煞拍三句「黯相望。斷鴻聲裏，立盡斜陽」像是電影中的定鏡，以景結情，餘韻裊裊不盡。

八聲甘州

柳
永

【作者】

見第 11 至 12 頁。

【題解】

這是柳永的名作之一。

本詞描寫了詞人在羈旅中於清秋時節登高臨遠的所見所感，表現了對故鄉和佳人的深切思念。從整首詞傷感、低沉的情調上看來，本詞當是作者在仕途上失意、不得不離開京師之後所作。

【詞文】

　　對瀟瀟暮雨灑江天，一番洗清秋。漸霜風淒緊，關河 ❶ 冷落，殘照當樓。是處紅衰翠減，苒苒 ❷ 物華 ❸ 休。唯有長江水，無語東流。　　不忍登高臨遠，望故鄉渺邈 ❹，歸思 ❺ 難收。歎年來蹤跡，何事苦淹留 ❻？想佳人、妝樓顒望 ❼，誤幾回、天際識歸舟。爭 ❽ 知我，倚闌干 ❾ 處，正恁 ❿ 凝愁！

❶　關河：山河。關，關山之地。

❷　苒苒：形容（時光）漸漸逝去。

❸　物華：景物風光。

❹　渺邈：音「秒秒」，形容非常遙遠。

❺　歸思：思歸的情懷。思，音「試」。

❻　淹留：逗留，停留。

❼　顒望：抬頭遠望。顒，音「容」。

❽　爭：怎。

❾　闌干：即欄杆。

❿　恁：音「任」，如此。

【詞意】

　　一陣驟急的暮雨過後，江天如洗，大地充滿清秋的涼意。淒厲的西風越颳越緊，山河冷落，夕陽的餘暉照着樓頭，一片荒涼沉寂。到處花凋葉敗，景物漸漸衰殘，只有那浩茫的長江，依然默默向東流去。

真不忍心登高望遠啊，看故鄉那麼遙遙難見，思歸的心緒如何收拾？可歎這些年來天涯飄泊，為何要在他鄉苦苦滯留！料想心愛的人兒早在故鄉的妝樓上翹首痴等，多少次把遠方開來的船隻誤認是我的歸舟！啊，她又怎麼知道，此刻我正也倚着欄杆悵望，心頭凝聚着難以排解的深愁！

【賞析】

　　這首詞最巧妙的地方是詞人思念佳人，卻不直接說出，倒反過來寫佳人在故鄉妝樓上痴等着自己。「誤幾回、天際識歸舟」是一個非常生動的情節，十分形象而真切地表現出佳人等待遊子歸來焦急、殷切的心態。這種「從對面寫過來」的手法（試比較杜甫〈月夜〉思家的「今夜鄜州月，閨中只獨看」所用的手法），不但使詞意曲折搖曳，也把詞人思鄉懷人的感情表達得更加強烈和感人肺腑。

鶴沖天

柳
永

【作者】

見第 11 至 12 頁。

【題解】

柳永的詞雖然到處受歡迎，可是在科舉場中，卻總是名落孫山。這是
他落第後自我解嘲的詞。

這首詞在柳永人生道路上起了很大的副作用（詳見第 11 至 12 頁的
作者介紹），但在文學史上卻是膾炙人口的名篇佳構。

【詞文】

　　黃金榜❶上，偶失龍頭❷望。明代❸暫遺賢，如何向❹？未遂❺風雲❻便，爭不❼恣狂蕩。何須論得喪？才子詞人，自是白衣卿相❽。　　煙花巷陌，依約❾丹青屏障❿。幸有意中人，堪尋訪。且恁⓫偎紅倚翠⓬，風流事、平生暢。青春都一餉⓭。忍把浮名⓮，換了淺斟低唱⓯。

❶　黃金榜：即金榜，金製的匾額或姓名榜，這裏指舊時科舉殿試揭曉的名單。

❷　龍頭：科舉時代稱狀元為「龍頭」。

❸　明代：政治清明的年代。

❹　如何向：向何處去，即「怎麼辦」的意思。

❺　未遂：不如意。

❻　風雲：比喻際遇。

❼　爭不：怎不。

❽　白衣卿相：唐代極重進士，稱為「白衣卿相」。意思是說，雖然身為白衣（布衣平民），卻有卿相的才幹。

❾　依約：依稀，好似。

❿　丹青屏障：繪有彩畫的屏風。

⓫　恁：音「任」，如此。

⓬　偎紅倚翠：親熱地依偎着妓女。紅、翠代指妓女。

⓭　一餉：形容一個很短暫的時間。餉，音「享」。

⓮　浮名：虛名，這裏指功名。

⓯　淺斟低唱：淺斟着茶酒，低聲歌唱。

【詞意】

　　黃金榜上，已經沒了題名的希望。昇平盛世暫時遺漏了賢才，教我該去何方？際遇阻滯，功名未遂，怎不恣意放蕩，得失何必計較！權且做才子詞人，也算得是白衣卿相。

　　花街柳巷，美麗得如同繪了彩畫的屏障，那裏幸有我的意中人在，可去尋訪。且這般依偎親熱，享受風流，一生多麼歡暢。啊，青春短暫，我怎忍心，為了追求功名，拋卻眼前快活的淺斟低唱！

【賞析】

　　這首詞明白如話，卻往復迴環，心理描繪非常豐富。

　　詞的一開始即宣告自己名落孫山，科場失意。「明代」句暗含諷刺，不敢直斥。因為既稱「明代」，應當是有才幹的人悉被錄用，然而事實並非如此。怎麼辦呢？「未遂風雲便，爭不恣狂蕩」，這就一任自己疏狂、放縱吧！內心痛苦，矛盾已極。「才子」兩句，又作自我安慰，這也是不得已的解脫語。下片以「忍把浮名，換了淺斟低唱」作結，字面上是瀟灑了、達觀了，而實際上一個「忍」字隱含了多少辛酸、多少哀楚！

天仙子

張
先

【作者】

　　張先（990 至 1078 年），字子野，烏程（今浙江省湖州市）人。宋仁宗朝進士，做過都官郎中（刑部所屬曹司的主管官），晚年在鄉間過着優遊的生活。為人疏放不羈，與晏殊、歐陽修、蘇軾都有交往。

　　張先擅長小令，其詞含蓄工巧，情韻濃郁。有《張子野詞》，又名《安陸集》。

【題解】

　　詞人在嘉禾（今浙江嘉興）做判官（知府掌管文書的佐吏），約在宋

仁宗慶曆元年（1041 年），當時五十二歲。據題，這首詞應是作於此年。

　　這首詞中的「雲破月來花弄影」和作者其他兩首詞裏的「嬌柔懶起，簾壓捲花影」（〈歸朝歡〉）、「柳徑無人，墜輕絮無影」（〈剪牡丹〉），「影」字都用得極為工巧，作者因而被譽為「張三影」。與張先同時代的詞人宋祁（字子京）尚書往見張先時，派人通傳說：「尚書欲見雲破月來花弄影郎中。」可見「雲破」一句在當時轟動的程度。

【詞文】

　　時為嘉禾小倅 ❶，以病眠，不赴府會。

　　水調 ❷ 數聲持酒聽，午醉醒來愁未醒。送春春去幾時回？臨晚鏡，傷流景 ❸，往事後期 ❹ 空記省 ❺。　　沙上並禽 ❻ 池上暝 ❼，雲破月來花弄影。重重簾幕密遮燈，風不定，人初靜，明日落紅 ❽ 應滿徑。

❶　小倅：小官。倅，音「翠」，副職。

❷　水調：本是隋代民間曲子，唐宋時很流行。

❸　流景：流逝而去的年華。

❹　後期：日後的約會。

❺　記省：清楚記得。省，音「醒」。

❻　並禽：成雙成對的禽鳥，如鴛鴦之類。

❼　暝：眠。

❽　落紅：落花。

【詞意】

這是我在嘉禾擔任通判小官的時候，這一天因病臥床，不能赴州府的宴會，於是寫下這首詞。

手持酒杯，欣賞着〈水調〉歌聲。午醉已醒，愁卻未醒。送春離去，不知幾時春回。晚上攬鏡自照，感歎年華逝去無蹤影。縱使記得前塵往事、日後約會，怕也只是徒惹傷情。

看那池塘邊，禽鳥雙雙在沙灘上安睡；夜空中，朗月穿過流雲，風兒吹拂，花枝在月下舞弄清影。層層簾幕密密地遮掩着夜燈。風，還沒停；人，剛睡定。明日啊，又該是落花鋪滿小徑。

【賞析】

全詞突出一個「愁」字，作者為春光流逝而發愁，為年華老去而發愁。下片以「並禽」來反襯自己的孤單景況，很含蓄。當他想到「明日落紅應滿徑」，愁就更為強烈了。

這首詞抒發的是士大夫的閒愁，但寫得很真切。「雲破月來花弄影」一句，「破」和「弄」兩字用得特別精彩，暗示風的作用，為今晚的「遮燈」和明朝的落花滿徑埋下伏筆。由於這一句生動地描繪出月光明亮、花枝迎風搖曳的美景，因而成了不朽的名句。

浣溪沙

晏殊

【作者】

　　晏殊（991 至 1055 年），字同叔，撫州臨川（今屬江西省）人。七歲能寫文章，有「神童」之名。景德二年（1005 年），宋真宗召他與進士一千多人一起參加殿試（皇帝主持的進士複試，通過者即正式錄取為進士，授予官職），他一點也不怯場，下筆甚快，宋真宗甚為賞識，賜同進士出身。時年十五歲。歷仕真宗、仁宗兩朝，仁宗朝時官至宰相。

　　晏殊在政治上是志得意滿的達官貴人，過着「喜賓客，未嘗一日不宴飲」的生活。他的詩詞往往就是佳會宴遊之餘的消遣之作，嫻雅而有情趣。音律諧適，詞語雅麗。有《珠玉詞》。

【題解】

　　這一首小令，是晏殊的名篇之一。

　　這首詞字面明白如話，但是人們對它內容的理解向來頗不一致。細玩全詞，含有傷春惜時之意，也有緬懷故人之情。

　　詞中的「無可奈何花落去，似曾相識燕歸來」是當時傳誦的名句。關於這兩句千古奇對，據胡仔《苕溪漁隱叢話》引《復齋漫錄》說，有一次晏殊去杭州，路過維揚，在大明寺歇宿。知道江都尉王淇擅長寫詩，就把他召來一起用飯。飯後又一起在池邊散步，當時已是暮春，落英繽紛。晏殊說：「我有時偶而吟得一句詩，就把它寫在牆壁上，有的整整一年都對不出下句。比如說，有一句『無可奈何花落去』，至今都對不出來。」王淇應聲說：「似曾相識燕歸來。」晏殊很高興，就把王淇羅致為自己的侍從。

【詞文】

　　一曲新詞酒一杯，去年天氣舊亭台，夕陽西下幾時回？
　　無可奈何花落去，似曾相識燕歸來，小園香徑 ❶ 獨徘徊。

❶　香徑：即花徑，花間小路。

【詞意】

聽一曲新詞,喝一杯美酒,還是去年春日的天氣、舊時的樓台。夕陽又慢慢西沉,伊人不知何時才返回?

春花凋落,教人徒喚奈何,似曾相識的燕子又從南方歸來。感歎時光飛逝,物是人非,惆悵的我,獨在花間小徑徘徊……

【賞析】

這是晏殊傷春懷人之作。詞的開篇以景襯情,寫風光依舊、亭台依舊,夕陽西下也依稀仿如去年,然而去年在一起飲酒的人兒卻已不在身邊,能不教人神傷?

下片「無可奈何花落去,似曾相識燕歸來」兩句對偶極為工巧,深刻地表現了作者對青春老去的傷感和物是人非的惆悵,令人玩味不盡。這首詞也因為有此兩句奇語,才一直膾炙人口,流傳不朽。

蝶戀花

晏
殊

【作者】

見第 34 頁。

【題解】

這是一首抒寫離愁別恨的名作，全詞表現了多情女子對遠行人刻骨銘心的懷念。

【詞文】

　　檻菊 ❶ 愁煙蘭泣露 ❷，羅幕 ❸ 輕寒，燕子雙飛去。明月不語 ❹ 離恨苦，斜光到曉穿朱戶 ❺。　　昨夜西風凋碧樹，獨上高樓，望盡天涯路。欲寄彩箋兼尺素 ❻，山長水闊知何處？

❶ 檻菊：「檻」指欄杆。菊在庭院與廊廡之間，有欄杆迴護，所以叫作「檻菊」。

❷ 蘭泣露：蘭花沾帶露水，好像是哭出來的淚珠一樣。

❸ 羅幕：絲羅做的帷簾。

❹ 諳：音「庵」，了解，熟悉。

❺ 朱戶：朱漆的門戶，原指富貴人家，這裏借指閨房。

❻ 彩箋、尺素：這裏指的都是書信。彩箋，用作題寫詩的精美箋紙。尺素，一尺長的白色生絹，古時用以寫信，後來常用作書信的代稱。

【詞意】

　　庭院裏的菊花在霧中發愁，秋蘭泣出露珠。輕寒漾過屋裏絲質的帷幕。成雙的燕子，聯翩向着南方飛去。明月不知人間離恨的愁苦，直到拂曉還斜斜地照進我閨閣的窗戶。

　　昨夜秋風驟起，吹禿了遍野的綠樹。清晨起來，我獨自登樓，望斷天涯路。想給你寄信訴說相思，可是山高水闊，又不知你身在何處。

【賞析】

這首詞寫一個多情女子對遠行丈夫的思念。

上片先寫菊愁蘭泣，實際上是寫女主人公的愁和泣。「羅幕輕寒，燕子雙飛去」巧妙地暗示了她悲、泣的原因：燕子雙飛，人卻寂寞獨守空房。而「明月不諳離恨苦，斜光到曉穿朱戶」，則可知女主人公一夜失眠。明月本是無知之物，可是經過詩人賦予它生命與感情（擬人法），就把多情女子內心的淒涼、痛苦反襯得極為突出、鮮明。

破陣子

晏
殊

【作者】

見第 34 頁。

【題解】

這是一首描寫春天節令風情的詞作。

【詞文】

　　燕子來時新社❶，梨花落後清明。池上碧苔三四點，葉底❷黃鸝❸一兩聲。日長飛絮輕。　　　巧笑❹東鄰女伴，采桑徑裏逢迎❺。疑怪昨宵春夢❻好，元是❼今朝鬥草❽贏。笑從雙臉❾生。

❶　新社：古代祭土地神的日子，有春社、秋社。新社即春社，在立春後，清明前。

❷　葉底：樹葉深處。

❸　黃鸝：即黃鶯。鸝，音「梨」。

❹　巧笑：笑得很美。

❺　逢迎：對面相遇。

❻　春夢：與愛情有關的夢。

❼　元是：原來是。

❽　鬥草：古代婦女在春天裏的一種遊戲，以採到的草品種最多而且奇巧為贏，常以首飾為賭注。

❾　雙臉：兩邊的臉頰。

【詞意】

　　燕子飛來的時候，正是春社之日；等到梨花飄落，節令已到清明。池塘邊上點綴着三四點青苔，樹葉深處傳來了一兩聲黃鶯的啼鳴。白天長了，柳絮在風中飛動，那麼靜、那麼輕。

　　東鄰少女，在桑間小路跟女伴相遇。女伴見她喜笑盈盈，猜測她是昨

夜做了好夢，原來是今早贏了鬥草。你看，她的粉臉又綻開了笑靨，那麼甜蜜、那麼開心⋯⋯

【賞析】

這首詞用白描的筆觸，刻畫了暮春接近初夏的景色。下片寫得特別生動。

作者擷取了採桑姑娘在桑間小路相遇的一個片斷，表現了少女們相遇時的歡樂，尤其是她們互相探詢內心隱秘這一生動的情節，十分活潑而又情趣盎然。

晏殊的作品，絕大多數都格調高雅、閒適，本詞卻有民歌情味，清新而歡快，是個例外。

玉樓春

宋祁

【作者】

宋祁（998 至 1061 年），字子京，安陸（今屬湖北省）人。宋仁宗朝進士，做過翰林學士（替皇帝草擬詔令的官吏），曾與歐陽修同修《新唐書》。

關於宋祁中進士的事，還留下一段趣聞。原來，宋祁與他的哥哥宋庠同時中進士，禮部依據試卷奏請宋祁為第一名，宋庠為第三名。章獻太后認為弟弟的名次排在哥哥之前不合封建倫理，便圈定宋庠為第一名，宋祁為第十名。時人稱他們兄弟倆為「大宋」、「小宋」，合稱「二宋」。

宋祁的詞構思新穎，語言流麗，描寫生動。有《宋景文公長短句》傳世。

【 題解 】

這首詞描寫東京人探春行樂的情景。詞人是寫景的高手,把大好春光刻畫得美妙無比,特別是「紅杏枝頭春意鬧」一句,更屢獲詞評家盛讚。詞中也流露出美景不常有、行樂須及時的消極情緒。

【 詞文 】

東城❶漸覺風光好,縠皺❷波紋迎客棹❸。綠楊煙外曉寒輕,紅杏枝頭春意鬧。　浮生❹長恨歡娛少,肯愛❺千金輕一笑?為君持酒勸斜陽,且向花間留晚照❻。

❶ 東城:即城東,指宋都東京(今開封)城東。

❷ 縠皺:有皺紋的絲綢,比喻波紋之細。縠,音「酷」。

❸ 棹:音「驟」,船槳,指代船。

❹ 浮生:莊子以為人生在世,虛浮無定。後來相沿稱人生為「浮生」。

❺ 肯愛:怎肯吝惜。

❻ 晚照:夕陽的餘暉。

【 詞意 】

春天到了,城東的風光一天天嬌俏,皺紋般的碧波,迎迓着遊人把船兒蕩搖。煙霧繞着綠楊,空氣中還漾着晨早的輕寒,盎然的春意卻早已在

紅杏枝頭嬉鬧。

　　我常抱憾人生歡樂的時日太少，怎肯慳囊、捨不得千金買笑？朋友啊，我高舉酒杯，為你挽留夕陽，且莫歸去太早，再向花間投射一會斜暉晚照！

【賞析】

　　這首詞的成功之處，在於詞人以其生花妙筆描繪了一幅生機蓬勃、色彩明麗的郊外早春圖景：春天來了，遠處碧波輕漾，綠楊含煙；緊接着是一個近鏡頭大特寫──「紅杏枝頭春意鬧」！這個「鬧」字，不應該理解為形容詞，把它解釋為「熱鬧」；它分明是個動詞，是「玩鬧」的「鬧」、「嬉鬧」的「鬧」。詞人運用擬人手法，使得「春意」由一個看不到、摸不着的抽象感覺變成一個鮮活的形象──它是一群淘氣的孩子，在紅杏盛開的枝頭嬉鬧，整個早春圖景因為這一「鬧」便活潑了起來、熱鬧了起來。王國維所稱讚的「着一『鬧』字而境界全出矣」，大概便是這個意思吧！

　　在寫這首詞的前一年，剛任工部尚書的宋祁因為〈玉樓春〉的名句而獲得「紅杏枝頭春意鬧尚書」的雅號，也證明「紅杏鬧春」這一名句具有何等強烈的藝術魅力！

生查子・元夕

歐陽修

【作者】

歐陽修（1007 至 1072 年），字永叔，號醉翁，晚年又號六一居士。吉水（今屬江西省）人。

歐陽修四歲喪父，教養之職全由他的母親鄭氏負責。由於家貧，買不起紙筆，他的母親用蘆稈作筆，在沙上教他寫字，留下了「畫荻教子」的美談佳話。

歐陽修苦學成材，宋仁宗時考取進士，歷任重要官職，因支持范仲淹的新政而屢次遭到貶謫。

歐陽修的主要成就在於散文，是唐宋古文八大家之一，詞作主要寫士大夫的閒情逸致，詞風清麗婉約。其詞集有《六一詞》、《近體樂府》、《醉翁琴趣外編》等多種。

【題解】

這首詞也有人說是女詞人朱淑真寫的。

這首詞通過女主人公對去年元夕（元宵節夜晚）往事的回憶，寫聚散的悲歡。

【詞文】

　　去年元夜❶時，花市❷燈如晝。月上柳梢❸頭，人約黃昏後。　　今年元夜時，月與燈依舊。不見去年人，淚濕春衫袖。

❶　元夜：即是元夕，元宵節的夜晚。自唐代起便有燃放花燈、通宵遊樂的風俗，宋代先是元宵前後三日張燈，後來擴大到前後五日。

❷　花市：指燈市。花，指花燈。

❸　梢：音「筲」，樹枝的末端。

【詞意】

　　去年元宵晚上，花市的燈火如白晝般明亮。黃昏過後，月上柳梢，戀人約我共度歡樂時光。

　　今年元宵晚上，月與花燈都像去年一樣。只是見不到戀人，我孤單、我彷徨，淚水沾濕了衣裳⋯⋯

【賞析】

　　這首詞的顯著特點在於用對舉手法來突出人物的情。寫幽會之喜，詩人並未直接描寫男歡女愛，而只寫了兩個場景：一是元夕之夜，「花市燈如晝」的熱鬧情景；一是月上柳梢、黃昏幽會的情景。前者着重寫眾人之喜，後者着重寫二人之歡，兩個場景對舉而出，以眾人之喜襯托二人之歡，二人之歡又融進了眾人之喜，突出了幽會的歡愉之情。寫離散之悲，同樣以兩個場景對舉，一是今年元夕 ——「月與燈依舊」，一是情人離去 ——「淚濕春衫袖」，以眾人之喜反襯一人之悲，形成強烈的悲喜反差，從而突出離散的悲痛之情。而這首詞的上片、下片又是另一對對舉。一首四十個字的短詞，用了三組的對舉，使詞意鮮明，情意深切。

蝶戀花

歐陽修

【作者】

見第 46 頁。

【題解】

這首詞是以一個女子的口吻來寫的，表現了對外出遊蕩未回的丈夫的思念之情。

【詞文】

　　庭院深深深幾許？楊柳堆煙，簾幕無重數。玉勒雕鞍 ❶ 遊冶處 ❷，樓高不見章台 ❸ 路。　　雨橫 ❹ 風狂三月暮，門掩黃昏，無計留春住。淚眼問花花不語，亂紅 ❺ 飛過秋千去。

❶　玉勒雕鞍：泛指鞍飾華美的馬。玉勒，玉製的馬啣。雕鞍，精雕的馬鞍。

❷　遊冶處：指歌樓妓館等玩樂的地方。

❸　章台：漢代長安有章台街，是妓女聚居的地方。後來，章台就成了妓院的代稱。

❹　雨橫：雨勢很猛。橫，音華猛切。

❺　亂紅：零亂的落花。

【詞意】

　　庭院幽深，到底深幾許？院中的楊柳罩着晨霧，門前堂下，簾幕無窮數。丈夫華貴的車馬，又該是向着秦樓楚館馳去，即使樓台再高，也見不到他尋歡作樂在何處。

　　正是暮春三月，風狂雨怒；又到黃昏時分，我輕掩庭門，歎息無法把春留住。滿眼含淚問落花：可知春往何處？落花默默不語，零亂的花瓣只管飄過秋千，向着遠方飛去。

【賞析】

　　這首詞的上片在環境氣氛的描寫中，展現了人物的形象。起句「庭院深深深幾許」一連用了三個「深」字，意境深邃朦朧，深受李清照的讚許和喜愛。

　　下片的「淚眼問花花不語」二句層深婉曲，前人給了很高的評價。清代毛先舒說：「因花而有淚，此一層意也；因淚而問花，此一層意也；花竟不語，此一層意也；不但不語，且又亂落、飛過秋千，此一層意也。」四層意思，一層比一層深入，一層比一層婉曲，而又渾然天成，看不出費力雕琢的痕跡。

桂枝香·金陵懷古

王安石

【作者】

　　王安石（1021 至 1086 年），字介甫，號半山，撫州臨川（今屬江西省）人。宋神宗時宰相，創新法，改革舊政，是一位進步的政治家。晚年退居金陵（今南京市），封荊國公，世稱「王荊公」。

　　文學上的主要成就在詩文方面，詞作不多，風格高峻豪放，感慨深沉，別具一格。有詞集《半山詞》。

【題解】

　　金陵，即現在的南京。它曾是六朝（東晉、宋、齊、梁、陳、南唐）

的京都。

　　這首詞是詞人登臨六朝古都抒發懷古幽思之作。

　　據《古今詞話》記載，當時用〈桂枝香〉詞牌寫「金陵懷古」的有三十餘家，只有王安石這首最好，連蘇東坡讀了，都讚賞說：「此老乃野狐精也！」

【詞文】

　　登臨❶送目❷，正故國❸晚秋，天氣初肅❹。千里澄江❺似練❻，翠峰如簇❼。征帆去棹❽殘陽裏，背西風❾、酒旗❿斜矗。彩舟⓫雲淡，星河⓬鷺起，畫圖難足。　　念往昔、繁華競逐，歎門外樓頭⓭，悲恨相續。千古憑高對此，謾嗟⓮榮辱。六朝舊事隨流水，但寒煙、衰草凝綠。至今商女⓯，時時猶唱，〈後庭〉遺曲⓰。

❶　登臨：登山臨水，這裏指登高。

❷　送目：遠望。

❸　故國：古都，指金陵。

❹　肅：蕭索。

❺　澄江：江水澄澈。

❻　練：白色的綢帶。

❼　簇：音「促」，箭頭，形容山峰峭拔。

❽　棹：音「驟」，船槳，這裏指代船。

❾　背西風：背着西風。

⑩ 酒旗：即酒帘，古時酒店門前所掛的布招帘。

⑪ 彩舟：船的美稱。

⑫ 星河：銀河。

⑬ 門外樓頭：代指南朝陳亡國慘劇。典故出自杜牧〈台城曲〉：「門外韓擒虎，樓頭張麗華。」陳朝時，隋軍大將韓擒虎已攻打到朱雀門外，但陳後主還與愛妃張麗華還在高樓上作樂，結果陳後主被俘，陳朝滅亡。門，指朱雀門。樓，指結綺閣。

⑭ 謾嗟：音「慢遮」，徒然感歎。

⑮ 商女：舊時在酒樓茶肆賣唱的歌女。

⑯ 〈後庭〉遺曲：指陳後主所作的〈玉樹後庭花〉，其中有「玉樹後庭花，花開不復久」的句子，後人把此曲看作是亡國之音。

【詞意】

登上高樓，遙望金陵，古都的天氣肅爽，風物蕭然，一派深秋氣息！千里長江猶如白練一般明澈，翠綠的山峰就像箭鏃一樣聳立。夕陽殘照裏，帆船來來往往；颯颯西風中，飄揚着斜插的酒旗。遠看水天相接處，畫船彷彿在淡雲裏出沒，水洲上的白鷺宛如在天河裏翻飛。啊，就是用圖畫也難以描繪出古都秋光的壯麗。

回想往昔，六朝皇帝競相追逐淫靡奢侈，可歎自從「門外樓頭」，陳朝後主被俘之後，亡國的悲恨接連相續。千百年後，我登高憑弔古都，緬懷歷代興亡更替，只能發出徒然的歎息。六朝的往事已隨流水逝去，昔日豪華宮殿的舊址，只剩下寒煙籠罩着的衰草還凝聚一點點蒼綠。直到如今，歌女時時猶唱陳後主的〈後庭〉遺曲。

【賞析】

　　這首金陵懷古詞，上片寫「登臨送目」所見的晚秋景色，描寫了壯麗的江山美景，「畫圖難足」是美的觀感，給下片的慨歎準備了條件。

　　下片歷述六朝盛衰之感，慷慨深沉，筆力峭勁。「繁華競逐」四個字一針見血地揭示出六朝更替的根本原因，這一句不止是對六朝亡國之君的指責，也是針對北宋積貧積弱而宮廷卻依然窮奢極侈的做法的旁敲側擊。到結拍句，更是直言「至今商女，時時猶唱，〈後庭〉遺曲」，強調要汲取歷史教訓，免重蹈亡國的覆轍。懷古之中，愛國之情、治政之志，明白可見。

　　周邦彥也有一首〈西河‧金陵懷古〉（見本書第 119 頁），藝術功力自是非淺，只是其思想境界則不如王安石這首〈桂枝香〉甚矣！

鷓鴣天

晏幾道

【作者】

　　晏幾道（1030〔？〕至1106〔？〕年），字叔原，號小山，晏殊的幼子。

　　晏幾道出身於官宦之家，卻不熱衷於功名。黃庭堅替他的《小山詞》作序，說他「平生潛心六藝，玩思百家，持論甚高，未嘗以沽世」，還說他有四痴：一是不依傍權貴；二是文自有體，「不肯一作新進士語」；三是不善理家，「費資千百萬，家人飢寒」；四是為人厚道，「人百負之而不恨」。可見他是個不肯趨炎附勢並帶有幾分書生氣的沒落貴族子弟。

　　晏幾道的詞和他的父親晏殊齊名，後人合稱他們父子為「二晏」，稱他為「小晏」。他的詞風近似其父，善於寫景抒情，語言和婉穠麗，精雕細琢，情感深沉、真摯。著有《小山詞》。

【題解】

　　這首詞以一名歌女的口吻，敘寫與情郎別後重逢的驚喜情狀。「舞低楊柳樓心月，歌盡桃花扇底風」，對仗工整，設意精巧，是膾炙人口的名句。

【詞文】

　　彩袖殷勤捧玉鐘❶，當年拚卻❷醉顏紅❸。舞低楊柳樓心月，歌盡桃花扇底風❹。　　從別後，憶相逢，幾回魂夢與君同。今宵剩把❺銀釭❻照，猶恐相逢是夢中。

❶　玉鐘：玉製的酒杯。

❷　拚卻：甘願，不惜。卻，語助詞。

❸　醉顏紅：醉紅了臉。

❹　「舞低」二句：跳舞跳到明月西沉，唱歌唱到手累得舉不起歌扇。形容歌舞時間長和盡興。參閱本詞的「賞析」部分第二段（見第 58 頁）。

❺　剩把：只管。

❻　銀釭：銀製的燈盞。釭，音「缸」。

【詞意】

　　記得當年邂逅，我挽高彩袖，殷勤向你捧杯勸酒。縱然不勝酒力，我

仍甘心一醉，喝得粉面通紅。那天夜晚啊，我盡情地為你跳舞，舞低了滑向柳梢樓心的彎月；我盡情為你歌唱，唱歇了漾在桃花扇底的春風。

別離以來，多少回，思憶那次相會，多少回，夢裏與你相逢。多麼好啊，今宵又能重聚！我高擎銀燈，再三把你細細照，生怕又是在夢中。

【賞析】

這首詞是別後重逢之作。

上片回憶當年的溫馨旖旎之樂，「舞低楊柳樓心月，歌盡桃花扇底風」二句，極寫通宵達旦的狂歡。「低」指月沉，「盡」指風歇。詞人把月沉與風歇想像是被歌舞所驅使，「低」與「盡」轉為及物動詞，設意精巧，造句亦奇特，一讀難忘。

過片「從別後，憶相逢」，一下子由往昔拉到現在，節奏極快。「幾回魂夢與君同」一句承上啟下，技巧亦高。「今宵剩把」二句，情深而語痴，正因為過去太多次誤把夢當真，所以到了真正相逢，反而懷疑是夢境。「剩把」、「猶恐」四字，蘊含了多少喜悅、迷惘、驚懼的複雜心情，也反襯出別後相思之切、之苦，語極含蓄而細膩，不愧是千古名句！

臨江仙

晏
幾
道

【作者】

見第 56 頁。

【題解】

　　描寫男女戀情與相思之苦的宋人詞作，多不勝數，但是像這首詞這樣點出戀人真名的，卻極為罕見。

　　作者和友人家的歌女小蘋有過一段難忘的戀情，為時不過一年，卻已物是人非，小蘋流落他鄉，音問難通。這首詞寫的，正是作者親身經歷，分外傷感。

「落花人獨立，微雨燕雙飛」被詞家譽為無雙的名句。

【詞文】

夢後樓台高鎖，酒醒簾幕低垂。去年春恨❶卻來❷時。落花人獨立，微雨燕雙飛。　　記得小蘋初見，兩重心字羅衣❸。琵琶弦上説相思。當時明月在，曾照彩雲❹歸。

❶　春恨：春日裏傷別的情思。

❷　卻來：又來，再來。

❸　兩重心字羅衣：繡有雙重心字圖案的羅衣。這應是當時女子所穿的一種頗為流行的衣衫。

❹　彩雲：比喻美人，這裏指小蘋。

【詞意】

夢回酒醒，樓台闃無一人，簾幕低垂，空鎖着一室靜寂。去年春日傷別的愁緒，又來心底。孤獨的人兒啊，眼前所見，偏是微雨、落花、燕雙飛⋯⋯

猶記去年初見小蘋，她身穿羅衣，衣上繡着雙重心字。琵琶弦上的纖指，深情地訴説相思意。今宵的明月啊，當晚曾照小蘋歸去，如今伊人芳蹤杳然，能不教人歔欷！

【賞析】

這首詞是對歌女小蘋的深情回憶。詞人從夢回酒醒後的迷惘,到落花之下的子立,再到望月追憶,由早到晚,整天都是在相思中度過的。

中間插入一段敘事,從和小蘋初見、相思到送別,層層寫來,娓娓動情。

上片的「落花人獨立,微雨燕雙飛」兩句,寫主人公在落花、微雨中孑然佇立。落花和微雨,景致雖美卻有傷感的情調;人獨立、燕卻雙飛,情更難堪。畫面雖然無聲,但是一種無言的相思愁緒已泛溢於畫面之外了。

卜算子‧送鮑浩然之❶浙東

王觀

【作者】

　　王觀（生卒年不詳），字通叟，如皋（今江蘇省縣名）人。宋哲宗朝進士。官至翰林學士（替皇帝草擬詔書的官吏），因賦應制詞得罪而被貶謫，自號「逐客」。

　　王觀的詞學柳永，情景交融，風趣而近於俚俗。有《冠柳集》傳世。

【題解】

　　作者送友人鮑浩然去故鄉浙東，寫下了這首送別的詞。

【詞文】

　　水是眼波橫，山是眉峰聚。欲問行人❷去那邊？眉眼盈盈❸處。　才始送春歸，又送君歸去。若到江南❹趕上春，千萬和春住。

❶　之：去，到。

❷　行人：指鮑浩然。他將踏上歸途，所以這樣稱呼他。

❸　盈盈：形容女子美好的神態。這裏取譬跟上文的「眼波橫」、「眉峰聚」照應，讚美浙東山水的嫵媚。

❹　江南：今自江西九江起至南京一帶地區，這裏指鮑浩然的家鄉浙東。古人以四方配四季，「東」與「春」對應。詞人想像，春自東方來，仍回東方去。它剛離去不久，友人鮑氏此行自西北向東南走，還來得及在家鄉趕上春天。

【詞意】

　　江水清澈明亮，像是美女眼波流盼；山巒蜿蜒重疊，宛如美女眉峰皺蹙。如問行人去哪方——山清水秀處。

　　剛剛送春走，又送你歸去。如到江南趕上春，千萬和春住，莫把美好的時光白辜負。

【賞析】

古代文學作品常用「眉如遠山，眼如秋水」來形容女子眉清目秀。這首詞把這兩句用得很熟的習語逆轉過來使用，既是浙東秀麗山水的生動比喻，又是朋友妻小望穿秋水、殷切盼望丈夫歸來的形象寫照。語意雙關，天衣無縫，構思十分新穎、奇巧，使得這首送別的應酬之作，避免了一般矯情的陳腔濫調，向來膾炙人口。

江城子

蘇軾

【作者】

　　蘇軾（1036 至 1101 年），字子瞻，自號東坡居士，眉州眉山（今四川省縣名）人。二十二歲中進士，以文章知名。

　　蘇軾的政治思想保守，宋神宗朝，王安石當政，推行新法，他極力反對，自己要求離京外補，擔任過杭州、密州、湖州等處的地方官。

　　宋神宗元豐二年（1079 年），御史中丞李定等人搜羅到蘇軾外任以來的一些詩文，摘錄了其中諷刺新政的句子，加以彈劾，蘇軾被捕下獄，這就是文學史上有名的「烏台詩案」（烏台，指御史府）。蘇軾在獄中備受折磨，以為必死無疑。幸好神宗愛憐其才，又經親故多方營救，元豐三年（1080 年）年底結案出獄，貶為黃州（今湖北黃岡市）團練副使（掌管地方軍事的助理官），〈定風波・莫聽穿林〉、〈念奴嬌・大江東去〉和

〈臨江仙‧夜飲東坡〉等著名詞篇就是在黃州任上寫作的。

宋哲宗朝，舊黨當權，召還為翰林學士（替皇帝草擬詔令的官吏）。新黨再度秉政後，又貶謫惠州（今廣東省惠陽區），並以六十三歲的高齡遠徙荒遠的瓊州（今海南島）。

宋哲宗死，徽宗繼位，蘇軾遇大赦還朝，在歸途中死於常州（今江蘇省市名）。謚文忠。

蘇軾是一位全能的作家，詩、詞、文章造詣都很高。他的詞作豪邁奔放、慷慨激越、獨具一格，是宋代豪放派的代表人物之一。著有《東坡全集》、《東坡樂府》。

【題解】

乙卯年，即是宋神宗熙寧八年（1075 年），這一年蘇軾四十歲，正在密州（今山東省諸城市）太守任上。這首悼念亡妻之作寫於這個時候。

以詞寫悼念亡妻，是蘇軾首創。從這首詞可以見到蘇軾豪放風格之外還有細膩、柔婉的一面。

【詞文】

乙卯正月二十日夜記夢。

十年生死 ❶ 兩茫茫，不思量，自難忘。千里孤墳 ❷，無處話淒涼。縱使相逢應不識，塵滿面，鬢如霜。　　夜來幽夢忽還鄉，小軒 ❸ 窗，正梳妝。相顧無言，唯有淚千行。料得年

年腸斷處，明月夜，短松岡 ❹。

❶ 十年生死：蘇軾的元配王弗於治平二年五月死於開封，相距正是十年。

❷ 千里孤墳：王氏葬於四川省彭山區，與密州相距千里之遙。

❸ 軒：有窗檻的小室。

❹ 短松岡：栽植短松的山岡，指作者妻子的葬地。

【 詞意 】

　　乙卯年正月三十日夜做了一個夢，寫這首詞以記夢。

　　十年了，夫妻生死相隔，音容渺茫。不去想它，偏是此情難忘。你的墳塋孑然在千里之外，無處可以讓我訴說滿腔凄涼。如今即使再能相見，你也該認不出我了 —— 容顏蒼老，鬢髮如霜。

　　昨夜做了個夢，彷彿回到故鄉。夢中見到的你，仍像往常一樣，在窗前打扮梳妝。闊別重逢，萬語千言無從說起，唯有深情對望，淚下千行……啊，千里之外的荒郊月夜，在那長着小松林的山岡，墳塋裏的你，定會年復一年地思念我 —— 痛斷柔腸。

【 賞析 】

　　這是一篇至情文字，語言平易質樸，在對亡妻的哀思中又揉進對自己身世的感慨。「無處話凄涼」是一句衝破了生死界線的痴語，感人至深！

　　中間插入一段夢境，「小軒窗，正梳妝」，再現了青年時代夫妻生活

的實景。「相顧無言，唯有淚千行」這個無聲有淚的細節特寫，既符合生活真實，又取得了「此時無聲勝有聲」（白居易〈琵琶行〉）的藝術效果。

這首記夢之作，沉痛感人。始終圍繞着「難忘」着筆，寫得情真意摯，沉痛感人。

江城子・密州出獵

蘇軾

【作者】

見第 65 至 66 頁。

【題解】

這首詞作於詞人在密州（今山東省諸城市）任知府期間。

詞人通過描寫一次出獵活動，表達了為國守邊立功的強烈願望。

【詞文】

　　老夫❶聊❷發少年狂，左牽黃❸，右擎蒼❹。錦帽貂裘❺，千騎❻捲平岡。為報❼傾城隨太守❽，親射虎，看孫郎❾。酒酣胸膽尚開張❿，鬢微霜，又何妨！持節⓫雲中⓬，何日遣馮唐⓭？會⓮挽雕弓如滿月，西北望，射天狼⓯。

❶　老夫：詞人自呼。古人往往中年起就稱「老」稱「翁」。

❷　聊：姑且。

❸　黃：黃狗。

❹　擎蒼：托着蒼鷹。擎，音「瓊」。

❺　錦帽貂裘：錦緞製作的帽子，貂皮製作的衣服，誇張地形容服飾華麗、鮮明。

❻　騎：音「技」，一人一馬的合稱。

❼　為報：替我告知。

❽　太守：漢景帝時起郡級長官的正式稱呼，宋代郡級長官已改稱「知府」、「知州」。這裏是沿用前朝的叫法。

❾　孫郎：指三國吳大帝孫權。「郎」是對年輕男子的美稱。據《三國志‧吳主傳》記載，孫權曾親自騎馬射虎，馬被虎傷，孫權用雙戟擲過去，虎為之倒退。

❿　胸膽尚開張：胸懷開闊，膽氣極豪。

⓫　節：即符節，古代皇帝派遣的使臣攜帶的憑證物。

⓬　雲中：漢代郡名，在今內蒙古自治區托克托縣一帶。

⓭　馮唐：據《史記‧馮唐列傳》記載，漢文帝時魏尚為雲中太守，他愛惜士卒，優待軍吏，匈奴遠避，不敢靠近雲中的邊塞。匈奴一度入侵，魏尚親率車騎狙擊，殺敵甚多。後來因報功時文件上所載殺敵的數字與實際不符（多報了六個首級），被捕判刑。中郎署長馮唐認為邊將有功理應重賞，對魏尚的處罰太

重，他率直地向漢文帝陳述了自己的意見，漢文帝立即叫他拿着符節到雲中去赦免魏尚的罪，仍舊命魏尚任雲中太守。作者在這裏以守衛邊疆的魏尚自比。

⑭　會：要，應當。

⑮　天狼：天狼星，古代傳說天狼星出現，預兆外敵入侵。詞裏指西夏。

【詞意】

老夫姑且也來發一發少年的輕狂，左手牽狗，右手擎鷹，戴飾帽，着貂裘，帶着隨從千騎，像疾風一般馳過平展的山岡。為我通知全城官員、武士都跟隨太守出獵，看我親自射虎，猶如昔日孫郎。

太守酒意正濃，心高膽壯，即使雙鬢微白，又有何妨？我像是漢代雲中太守魏尚，不知朝廷何日派來馮唐？那時我將把雕弓拉得如同滿月，瞄向西北，射殺天狼！

【賞析】

唐宋詞中以打獵為題材的作品極為罕見，〈江城子‧密州出獵〉是一首別開生面的詞作。

上片寫出獵，場面熱鬧、壯觀，令人有親歷其境的感覺。「為報傾城隨太守，親射虎，看孫郎」回應詞的首句，上文「牽黃」、「擎蒼」云云還只是從外表動作形態上表現自己的少年狂，這裏則更深一層從內在的精神氣質上加以凸顯。詞人有「文」名而無「武」譽，急切地想以「武功」自炫，這樣的心理描寫，傳神地刻畫出詞人率真的秉性。再說，如果上片沒

有提到「親射虎，看孫郎」的驍勇表現，下片「會挽雕弓如滿月，西北望，射天狼」的豪言壯語也便失去令人信服的依據。

　　蘇軾在密州時寫的另一篇〈江城子‧記夢〉，跟這一篇用的是同一個詞牌。一篇柔情似水，一篇豪氣干雲，把這兩篇對照起來欣賞，應該是一件十分有趣的事。

水調歌頭

蘇軾

【作者】

見第 65 至 66 頁。

【題解】

這是一首久負盛譽的中秋詞，南宋胡仔《苕溪漁隱叢話後集》說：「中秋詞，自東坡〈水調歌頭〉一出，餘詞盡廢。」評價甚高。它和〈念奴嬌‧大江東去〉同是蘇軾的代表作。

這詞作於宋神宗熙寧九年（1076 年）中秋，蘇軾四十一歲，時為密州（今山東省諸城市）太守。題說「兼懷子由」，子由乃蘇軾的弟弟蘇轍

（字子由），此時蘇轍在齊州（今山東省濟南市），兄弟兩人已經六七年沒有見過面了。

【詞文】

丙辰中秋，歡飲達旦，大醉。作此篇，兼懷子由。

明月幾時有？把酒❶問青天。不知天上宮闕❷，今夕是何年❸？我欲乘風歸去❹，又恐瓊樓玉宇❺，高處不勝❻寒。起舞弄清影❼，何似在人間！　　轉朱閣❽，低綺戶❾，照無眠❿。不應有恨，何事長向別時圓？人有悲歡離合，月有陰晴圓缺，此事古難全。但願人長久，千里共嬋娟⓫。

❶　把酒：端起酒杯。

❷　宮闕：宮殿。闕，音「決」。

❸　今夕是何年：古代神話傳說，天上只三日，世間已千年。古人認為天上神仙世界年月的編排與人間是不相同的。所以作者有此一問。

❹　乘風歸去：駕着風，回到天上去。作者在這裏浪漫地認為自己是下凡的神仙。

❺　瓊樓玉宇：白玉砌成的樓閣，相傳月亮上有這樣晶瑩美麗的建築。

❻　不勝：忍受不住。勝，音「升」。

❼　弄清影：在月光下起舞，自己的影子也翻動不已，彷彿自己和影子一起嬉戲。

❽　朱閣：朱紅色的樓閣。

❾　綺戶：刻有紋飾的門窗。

❿　照無眠：照着有心事睡不着的人。

⓫　嬋娟：月裏的嫦娥，這裏代指月亮。

【詞意】

丙辰年中秋，歡飲通宵達旦，大醉。寫下這篇詞，也為懷念胞弟子由。

這輪明月，是甚麼時候起才有的？我端着酒杯問一問青天，不知這天上仙宮，今晚該是哪一年？我想乘風回去天宮，又擔心在那玉砌的亭台樓閣，忍受不住高空的嚴寒。我對月起舞、戲影自樂。如此愜意，天上怎能比得上人間！

夜深了，明月轉過朱紅色的樓閣，低低窺視雕花的窗戶，照着我這徹夜難眠的人。月兒呀，你不該有甚麼怨恨，為何偏是在人們離別的時候才滿圓？人有悲歡離合，月有明暗圓缺，這種事自古以來就難以十全十美。我只祈願大家都永遠健在，雖遠隔千里，也能共同欣賞美好的嬋娟。

【賞析】

這首詞通篇詠月，卻處處關合人事。上片借明月自喻孤高，下片用圓月襯托別情。開篇「明月幾時有？把酒問青天」這一總古今、攬宇宙的問句，雄渾博大，奇峰突起，全篇空靈蘊藉的氣韻從此生發開來。接着寫幻想乘風飛上月宮，但又生怕天上寒冷，不如人間溫暖，反映了作者因政治上失意而對現實不滿、想逃避現實但又有所留戀的矛盾心理。

下片以圓月襯托對胞弟的思念，由月的圓缺想到人的悲歡離合，不禁發出感慨。「人有悲歡」到「此事古難全」這三句大開大合，表現出詞人開朗的性格和曠達的人生態度。

這首名作既有浪漫的想像，又蘊含深沉的哲理；既有細緻的描繪，也有豪爽的逸興。虛實交錯，筆致搖曳多姿，令人玩味不盡。

定風波

蘇
軾

【作者】

見第 65 至 66 頁。

【題解】

蘇軾在文壇和詩壇上,可以說是得意至極,可是他的仕途卻十分坎坷。因為反對王安石的新法,他的某些詩篇曾被「烏台」(朝廷的御史,專責檢討彈劾不法官吏)定為詆毀新法謗訕朝廷之罪,逮捕入獄,差一點連命都保不住了 —— 這就是中國文學史上著名的「烏台詩案」。

出獄之後,蘇軾被貶為黃州團練副使。這首詞就是在被貶黃州之後第

三年，即宋神宗元豐五年（1082 年）寫的。三月七日，蘇軾去沙湖（在黃州東三十里），途中遇雨。事後，他寫了這首詞記述這次經過和感受。

【詞文】

三月七日，沙湖道中遇雨，雨具先去。同行皆狼狽，余獨不覺。已而遂晴，故作此詞。

莫聽穿林打葉聲，何妨吟嘯且徐行 ❶。竹杖芒鞋 ❷ 輕勝馬，誰怕？一蓑 ❸ 煙雨 ❹ 任平生。　　料峭 ❺ 春風吹酒醒，微冷，山頭斜照卻相迎。回首向來蕭瑟 ❻ 處，歸去，也無風雨也無晴。

❶ 「何妨」句：這對於我們吟詩、長嘯、徐行又有甚麼妨礙呢？吟嘯，吟詩與長嘯，表現曠達和閒適的意態。

❷ 芒鞋：即草鞋。

❸ 蓑：音「梭」，指蓑衣，即是蓑草製成的雨衣。

❹ 煙雨：煙霧般的濛濛細雨。

❺ 料峭：寒意。

❻ 蕭瑟：形容風雨聲。

【詞意】

三月七日，我和幾個朋友去沙湖遊玩，回家途中遇雨，攜帶雨具的

僕人卻已先走了。同行的朋友都十分狼狽，只有我毫不介懷。很快天又晴了，我有感於此情此景，就寫了這首詞。

不要去聽那驟雨穿過樹林、敲打樹葉的響聲，天雨無礙我們吟詩、長嘯、信步慢行。拄着竹杖，穿着草鞋走路，比起坐車騎馬更加輕捷舒心。誰怕那狂風疾雨！披一襲蓑衣，任憑它風大雨大，我泰然度過一生。

微寒的春風吹醒醉意，令我感到微微發冷。山頭的斜陽，正在對面相迎。回頭再看剛才遇雨的地方，早已雨歇風停。回去吧，理得它天雨天晴！

【賞析】

途中遇雨本極平常，蘇軾卻是藉着這樣一件生活小事，以曲筆來抒寫他此時獨特的人生體驗和處世態度。

只要聯繫起詞人在仕途上坎坷的經歷，我們便不難領悟，詞人在這首詞裏運用了寄託的手法，曲折、隱晦地表現出他無懼人生道路上的風雨的倔強和達觀。整首詞語意雙關，值得我們細細咀嚼。

念奴嬌・赤壁懷古

蘇軾

【作者】

見第 65 至 66 頁。

【題解】

　　赤壁，這裏指黃州西長江邊的赤壁，一名赤鼻磯。關於三國時赤壁大戰的古戰場是在甚麼地方，向來眾說紛紜，一般傾向於認為在今湖北赤壁市西北，地處長江南岸。漢獻帝建安十三年（208 年），曹操奪得荊州之後，率數七萬大軍沿江東下，孫權部下主降者居多，周瑜堅決主戰，自請以三萬精兵迎敵，終於與劉備的軍隊聯合，在赤壁附近江面火攻曹軍，把

曹操萬艘戰船燒毀淨盡。這就是後世人們津津樂道的「火燒赤壁」。懷古，即追念古代的事情。

這首詞是蘇軾謫居黃州遊赤壁時寫的，作者自歎年歲漸大（時年四十七），功業無成，借懷古以抒發自己的懷抱。

〈念奴嬌·赤壁懷古〉是蘇軾的代表作之一，在中國文學史上也有很高的地位，它的影響極大，後來有人乾脆把「念奴嬌」這個詞牌稱為「大江東去」、「酹江月」。

早在宋代，俞文豹的《吹劍錄》便記載了一則趣聞，說到它的藝術風格特色：有一回，蘇軾在翰林院問一個善於唱歌的幕僚說：「我的詞跟柳永相比怎樣？」那人回答：「柳永的詞，適合十七八歲的女孩子，拿着紅牙板唱『楊柳岸曉風殘月』；而您的詞則要關西大漢，用銅琵琶、鐵綽板唱『大江東去』。」蘇軾聽了，也不禁哈哈大笑。

【詞文】

大江 ❶ 東去，浪淘盡、千古風流人物 ❷。故壘 ❸ 西邊，人道是、三國周郎 ❹ 赤壁。亂石穿空，驚濤拍岸，捲起千堆雪。江山如畫，一時多少豪傑！　遙想公瑾 ❺ 當年，小喬初嫁 ❻ 了，雄姿英發。羽扇綸巾 ❼，談笑間、檣櫓 ❽ 灰飛煙滅。故國神遊 ❾，多情應笑我，早生華髮 ❿。人生如夢，一尊 ⓫ 還酹 ⓬ 江月。

❶　大江：指長江。

❷　風流人物：傑出的英雄人物。

❸ 故壘：舊時的營壘。

❹ 周郎：周瑜，字公瑾。二十四歲就做吳國的中郎將，人稱「周郎」。

❺ 公瑾：即周瑜（字公瑾）。

❻ 小喬初嫁：喬玄有兩個女兒，大喬嫁給孫策，小喬嫁給周瑜，都是絕色美女。赤壁之戰時，小喬嫁給周瑜已有十年之久，說「初嫁」，是用剪接手法突出周瑜的風流倜儻，年輕有為。

❼ 羽扇綸巾：手執羽毛扇，頭戴絲織巾。這是古代儒將的裝束，用來形容周瑜態度的從容嫻雅。綸，音「關」。

❽ 檣櫓：音「牆魯」，船的桅杆和船槳，指曹軍的船艦。

❾ 故國神遊：即神遊故國，是說自己的神思超越了時間，在昔日的赤壁戰場遨遊。

❿ 華髮：花白的頭髮。

⓫ 尊：同「樽」，古代的一種酒杯。

⓬ 酹：音「賴」，又音「劣」，灑酒祭奠。

【詞意】

萬里長江向東奔騰而去，激浪汰洗盡千古以來的英雄人物。舊時營壘的西邊，有人說是三國周瑜大破曹軍的赤壁。峭壁上的亂石直插青空，狂濤拍擊着江岸，捲起雪浪千萬疊。祖國的江山如畫，一時湧現多少豪傑！

遙想當年的周瑜，剛娶了美麗的小喬，風姿颯爽，英氣勃發。他手揮羽扇，一身儒服，談笑之間就把曹軍船艦燒得灰飛煙滅。我的神思馳騁在赤壁舊地，人們也許笑我多愁善感，以致過早白了頭髮。啊，人生如夢，我還是灑一杯清酒，祭奠江中的明月。

【賞析】

這首詞在結構上有一個突出的特點，這就是運用對比映襯的寫作手法。上片結尾的「江山如畫，一時多少豪傑」和下片結尾的「人生如夢，一尊還酹江月」，以「如」對「如」，以「一」對「一」，形成了鮮明的對照。在這兩方映襯之中，詞人以非凡的才能和高超的藝術技巧，濃墨重筆地塑造了三國時代年輕統帥周瑜的英雄形象。這是首創，完全改變了「詞為艷科」的傳統概念，開了一代氣勢磅礡的豪放詞風。

在塑造周瑜這一年輕儒帥時，加插「小喬初嫁了」這一句是很值得讚賞的險筆。小喬雖然不是甚麼重要的角色，在赤壁之戰中也不曾有半箭之功，但是，正因為有這絕色的美人（又是初嫁！）作陪襯，使得周瑜風流優雅的形象極有神采地凸現出來。

臨江仙・夜歸臨皋

蘇軾

【作者】

見第 65 至 66 頁。

【題解】

　　據王文誥《蘇詩總案》說，這首詞是壬戌年，即宋神宗元豐五年（1082 年）九月蘇軾在東坡雪堂夜飲，醉歸寓所臨皋（今黃岡市南）之後寫作的。本詞反映了詞人對現實處境的憤懣以及對自由生活的嚮往。

　　相傳這首詞一度驚動朝廷。宋人葉夢得《避暑錄話》記載，就在蘇軾大醉夜歸的第二天，人們宣傳詞人夜裏寫了〈臨江仙〉那首詞，把冠服掛

在江邊，乘舟長嘯而去了。郡守徐君猷一聽嚇壞了，以為走失了罪人，連忙駕車到臨皋，原來蘇軾還在呼呼大睡，尚未起床哩！〈臨江仙〉最終傳到京城，連宋神宗聽了也懷疑蘇軾是否真的已經「小舟從此逝，江海寄餘生」。

【詞文】

夜飲東坡❶醒復醉，歸來彷彿三更。家僮鼻息已雷鳴。敲門都不應，倚杖聽江聲。　　長恨此身非我有❷，何時忘卻營營❸！夜闌風靜縠❹紋平。小舟從此逝，江海寄餘生。

❶ 東坡：在今黃岡市之東，原是幾十畝荒地，蘇軾謫居黃州的第二年，經友人馬正卿向官府請求，撥給蘇軾開墾耕種。第三年秋天，蘇軾又在東坡築「雪堂」五間，為遊息的地方。蘇軾自號「東坡居士」正是由此而來。

❷ 身非我有：是道家對人生採取虛無主義的說法，這裏也有不能掌握自己命運的意思。

❸ 營營：為功名利祿而勞碌、費神。

❹ 縠：音「酷」，縐紗，比喻水的波紋。

【詞意】

夜飲東坡，醒了又醉，醉了又醒，回到臨皋彷彿已是三更，家僮鼾聲如雷鳴，怎麼敲門都不應，只好扶杖到江邊 —— 去聽濤聲。

常常感到遺憾，此身非我所有，甚麼時候才能忘卻浮名！啊，不如趁着夜深，浪靜風平，駕起小舟離去，到江河湖海 —— 度過餘生。

【賞析】

這首詞一開頭着意渲染詞人的醉態，「彷彿」兩字，寫得十分逼真。「家僮鼻息已雷鳴。敲門都不應」，這一「鳴」一「敲」，充分體現了平日主僕之間的親切關係，也體現了詞人不拘小節、豪放不羈的性格，你看他敲門不應之後索性不睡覺，倚着藜杖，走到江邊聽濤聲去了。

下片寫感慨，「長恨此身非我有，何時忘卻營營」，這是全篇的主旨所在，也是作者鬱積胸中憤懣情緒的爆發。

這首詞寫出了謫居中蘇軾的真性情，體現了詞人的鮮明個性，正如元好問所說：「自東坡一出，情性之外，不知有文字，真有『一洗萬古凡馬空』氣象。」（《遺山先生文集》）

清平樂‧晚春

黃庭堅

【作者】

黃庭堅（1045 至 1105 年），字魯直，號山谷道人，又號涪翁，洪州分寧（今江西省修水縣）人。

《桐江詩話》記載，黃庭堅七歲就能作詩，從幼年時代起便縱覽六藝、老、莊、內典和六說雜書，博學多聞，風華出眾。進士出身，做過秘書省校書郎（校對書籍的官吏），並參加修撰神宗《實錄》。晚年兩次受到貶謫，死在西南荒僻的宜州（今屬廣西省）貶所。

黃庭堅以詩獲得蘇軾賞識，與張耒、晁補之、秦觀並稱為「蘇門四學士」。他的詞作早年近似柳永，多寫艷情；晚年近似蘇軾，深於感慨，風格豪放秀逸。與秦觀齊名，並稱「秦黃」。

【題解】

這是一首惜春之作。詞人以細膩清新的筆觸，表現了對美好事物熱切而執着的追求。黃庭堅的詞風格不一，有的高曠飄逸，有的俚俗狂放，有的典雅優美，這首詞屬於後者。

【詞文】

春歸何處？寂寞無行路。若有人知春去處，喚取歸來同住。　　春無蹤跡誰知？除非問取 ❶ 黃鸝 ❷。百囀無人能解，因風 ❸ 飛過薔薇。

❶ 取：語助詞，表示動作的進行。

❷ 黃鸝：黃鶯的別稱。鸝，音「梨」。

❸ 因風：藉着風勢。

【詞意】

春天歸回何處？她寂寞走了，路上卻見不到她歸去的腳步。如果有人得知春天的去處，喚她回來同住。

有誰知道春的蹤跡？除非問問黃鸝。牠與春天同來，也許知道春的訊息。黃鸝千啼百囀，可惜無人聽懂牠的話語。我無奈地目送着牠，乘風越過薔薇，向那遠方飛去。

【賞析】

　　以「惜春」為主題的詞作何止千百篇，而這首〈清平樂・晚春〉能夠別出心裁，得到後世的稱讚，是因為它使用了一種特殊的表現手法：錯位法。像「春歸何處」、「若有人知春去處，喚取歸來同住」、「春無蹤跡誰知」，這些話都不像是一個正常成年人所說的，而像是幼稚兒童說的痴話。

　　大凡人對某種美好事物的追求，一旦表現出超乎尋常的執着，便會產生一種如痴如呆的精神狀態，不按常規思維、不按常規說話，這就是「錯位」。當讀者讀懂本詞那些「痴話」之後，我們便會加倍讚賞作者表達手法的新穎和曲折了。

滿庭芳

秦觀

【作者】

　　秦觀（1049 至 1100 年），字少游，一字太虛，號淮海居士，揚州高郵（今江蘇省市名）人。宋神宗元豐八年（1085 年）進士。宋哲宗元祐年間做過太學博士（國立大學的教官），兼國史院編修官。因在政治上屬於蘇軾一派的舊黨，再三受到打擊，貶謫到遙遠的西南。宋徽宗即位，被召回，死於途中。

　　秦觀能詩文，尤擅長寫詞。其詞多寫男女戀情和放逐後的愁苦。筆法緻密，蘊藉含蓄，音律和美，語言清麗自然，藝術技巧很高，是婉約派正宗。著有《淮海居士長短句》。

【題解】

　　這首詞寫詞人與一名歌妓離別的場面，着力表現依依難捨的情意，同時也隱隱地抒發了不得志的悲哀。

　　關於這首詞的寫作，據《藝苑雌黃》記載，程公闢在任會稽（今浙江省紹興市）太守時，秦觀到他那裏做客，被款待住在蓬萊閣。有一天在筵席上，秦觀對程家的一名歌妓動了情，自此眷戀不已，並寫了一首詞，詞裏有「多少蓬萊舊事，空回首、煙靄紛紛」的句子，指的就是這件事云云。

　　從該書的記載推知，這首詞當是作者三十一二歲時由會稽返回故鄉高郵後所作。

　　〈滿庭芳〉是秦詞的代表作，首兩句「山抹微雲，天黏衰草」尤為當時傳誦，蘇軾常戲稱他是「山抹微雲秦學士」，可見此詞當時傳誦之廣和影響之大。

【詞文】

　　山抹微雲，天黏衰草，畫角 ❶ 聲斷譙門 ❷。暫停征棹 ❸，聊共引離尊 ❹。多少蓬萊舊事，空回首、煙靄紛紛。斜陽外，寒鴉數點，流水繞孤村。　　銷魂 ❺，當此際，香囊 ❻ 暗解，羅帶 ❼ 輕分。謾 ❽ 贏得青樓 ❾、薄幸 ❿ 名存。此去何時見也？襟袖上、空染啼痕。傷情處，高城望斷，燈火已黃昏。

❶　畫角：彩繪的號角。

❷　譙門：建有瞭望樓的城門。譙，通「瞧」，瞭望。

❸ 征棹：遠行的船。棹，音「驟」。

❹ 引離尊：臨別把盞。引，持、舉。尊，酒杯。

❺ 銷魂：形容離別時的愁苦之情。

❻ 香囊：古時男子有佩香囊的習慣。

❼ 羅帶：絲織的帶，用以繫腰。

❽ 謾：徒然。

❾ 青樓：妓女、歌舞女住的地方。

❿ 薄幸：薄情。「謾贏得」一句，乃化用杜牧的詩句「十年一覺揚州夢，贏得青樓薄幸名」（〈遣懷〉）。

【詞意】

遠山輕抹着幾縷薄雲，一片枯草向着天際延伸。從譙樓的城門那邊，傳來了號角時斷時續的聲音。我暫停下行將遠去的船兒，與她把這離別的苦酒共飲。啊，蓬萊閣當日多少歡樂的往事，如今回首再看，竟如迷茫、紛亂的煙雲。看夕陽底下，融入數點寒鴉，江水嗚咽着，繞過了孤零零的山村。

在此分別的時刻，最是傷心。我悄悄解下香囊相送，她也輕分羅帶還贈，兩人一往情深。這些年來，我一無所成，只在歌妓舞女那裏，白白被人稱作薄幸詞人。這一次分別，甚麼時候才能再見啊？也許只能空往衣袖上揩抹淚痕。船兒終於載我離岸，舉目遙望，高城逐漸遠去，眼裏只見萬家燈火，點綴着這惱人的黃昏。

【賞析】

　　這首詞是篇敘寫離情別意的佳作，上片主要寫離別時秋天黃昏的景色，悲涼的畫面與離情交融在一起，情韻兼勝。晁補之說：「如『斜陽外，寒鴉數點，流水繞孤村』，雖不識字，人亦知是天生好言語。」說明了這首詞的白描手法十分成功，令人有親歷其境的感覺。

　　下片側重寫離別的場面，以寄寓作者的身世之感。煞拍兩句，以景結情，既見文勢起伏變化，又使結尾有含蓄不盡之意。

　　這首詞與柳永的〈雨霖鈴・寒蟬淒切〉（見第 11 頁）在情調與表現手法上有異曲同工之妙，可以並在一起欣賞。

江城子

秦
觀

【作者】

見第 89 頁。

【題解】

這首詞寫暮春時節懷念遠方的戀人。

【詞文】

　　西城楊柳弄春柔，動離憂，淚難收。猶記多情，曾為繫歸舟。碧野朱橋當日事，人不見，水空流。　　韶華❶不為少年留，恨悠悠，幾時休？飛絮落花時候、一登樓❷。便❸做春江都是淚，流不盡，許多愁。

❶　韶華：美好的年華。

❷　一登樓：偶一登樓。

❸　便：即使。

【詞意】

　　春風輕拂，城的楊柳賣弄着它的輕柔，它觸動了我滿腔離愁，教我淚流難收。還記得當年，這多情的楊柳，為我挽住了戀人的歸舟。當日攜她漫遊碧野朱橋，而今卻人各一方，唯見江水空流。

　　美好的年華，不為少年稍留。心頭悠悠離恨，幾時方休？在這飛絮落花時候，偶一登樓，見春光易逝，倍感煩憂。即便春江之水全是淚，也流不盡我內心的許多愁。

【賞析】

　　這首詞以善用比興見長。

詞一開始便以詠柳起興，歸舟、碧野、朱橋、戀人皆由此疊出，離憂、愁淚也由此相繼而生。下片主要抒情，「韶華不為少年留」語極沉痛，眼見柳絮飛墜、落花飄零，春光冉冉消逝，倍增一種知己難覓、人生易暮的感慨。煞尾三句反用李煜「問君能有幾多愁，恰似一江春水向東流」詞句，自出新意。「愁」原是一種抽象的感情，作者心中的愁竟然是可以「流淌」的。「便做春江都是淚，流不盡，許多愁」，以其比喻的誇張、新奇，成為了千古名句。

鵲橋仙

秦觀

【作者】

見第 89 頁。

【題解】

這是一篇歌頌愛情的詞作。

中國古代神話傳說，天帝的孫女織女跟河西的牛郎相愛，並嫁給了他。天帝十分生氣，下令拆散他們，只許每年在七月初七相會一次。相會時，喜鵲成群在銀河上搭起「鵲橋」，讓他倆渡河相聚。

作者藉着這一則古老的神話傳說，寄寓了對男女間愛情的看法。

【詞文】

　　纖雲弄巧，飛星 ❶ 傳恨，銀漢迢迢暗度。金風玉露 ❷ 一相逢，便勝卻人間無數。　　柔情似水，佳期如夢，忍顧 ❸ 鵲橋歸路！兩情若是久長時，又豈在朝朝暮暮 ❹！

❶　飛星：流星，一說牽牛、織女星。

❷　金風玉露：指秋風、白露。

❸　忍顧：怎能忍心回頭去看。

❹　朝朝暮暮：指朝夕相聚、日夜相伴。

【詞意】

　　纖薄的雲彩正變幻着奇巧的圖案，天空中忽然飛過一道流星，替牛郎和織女傳遞着幽幽離怨。今天夜晚，他們就要悄悄渡過迢迢銀漢，歡愉相見。乘秋風，踩白露，哪怕一年只有一次相逢，也勝過人間千遍萬遍！

　　情意似水一般溫柔，歡會卻如夢一般短暫，怎能忍心回顧鵲橋上的歸路，多少惆悵，多少依戀！不過，如果彼此永遠相愛，那就不在乎能否日夜相伴！

【賞析】

　　以牛女雙星的神話故事為題材的詩詞，自漢魏以來，不可勝數，要推

陳出新，殊不容易。

　　絕大多數詩詞都慨歎牛女雙星歡聚時短，別日苦多，抒寫傷離恨別的主題。這已成為七夕詩詞的一種創作定勢。秦觀卻能跳出俗套，自出機杼，以「金風玉露一相逢，便勝卻人間無數」和「兩情若是久長時，又豈在朝朝暮暮」這樣情調昂揚的詞句，熱情地歌頌了真摯、堅貞的愛情，令人耳目一新。

踏莎行‧郴州[1]旅舍

秦觀

【作者】

見第 89 頁。

【題解】

　　宋哲宗紹聖初年，秦觀因舊黨的關係，在朝廷內受到排擠，一再遭到貶謫，削掉了官職，最後還被遠遠地流放到郴州。

　　這首詞是紹聖四年（1097年）在郴州旅館寫的。詞人在這首詞裏抒發他淒苦失望的心情。

【詞文】

　　霧失樓台，月迷津渡，桃源 ❷ 望斷無尋處。可堪 ❸ 孤館閉春寒，杜鵑 ❹ 聲裏斜陽暮。　　驛寄梅花 ❺，魚傳尺素 ❻，砌成此恨無重數。郴江 ❼ 幸自 ❽ 繞郴山，為誰 ❾ 流下瀟湘 ❿ 去？

❶ 郴州：今湖南省市名。郴，音「深」。

❷ 桃源：即陶潛在〈桃花源記〉裏所描繪的世外樂園。

❸ 可堪：哪堪，受不住。

❹ 杜鵑：一種鳥的名字，相傳牠的鳴聲像是叫着「不如歸去」，容易勾動離人的愁思。

❺ 驛寄梅花：引用自陸凱寄贈范曄的詩：「折梅逢驛使，寄與隴頭人。江南無所有，聊贈一枝春。」作者在這裏指遠方朋友帶來的慰藉。驛，音「亦」。

❻ 魚傳尺素：語出漢樂府詩〈飲馬長城窟行〉：「客從遠方來，遺我雙鯉魚。呼兒烹鯉魚，中有尺素書。」作者在這裏指遠方來信。尺素是約一尺長的白絹，古人常用來寫信。

❼ 郴江：江名，在郴州附近。

❽ 幸自：本自。

❾ 為誰：為甚麼。

❿ 瀟湘：瀟水和湘水是湖南省兩條江的名字，合流後稱為「湘江」，但在詩詞中仍多稱「瀟湘」。

【詞意】

　　重重的濃霧掩沒了樓台，昏黃的月色迷濛住野渡。世外桃源任你如何嚮往，卻是始終尋覓無處。春寒料峭，怎能忍受客舍淒涼、孤獨，更兼那暮色蒼茫，杜鵑聲聲「不如歸去」。

　　遠方的友人寄梅傳書，他們的慰藉反而在我的心中堆砌起愁苦無數。郴江本該繞着郴山流轉，為何又要向着湘江流去？

【賞析】

　　本詞即景生情，寓情於景，語言洗練，在藝術上達到了很高的境地。像上片的「可堪孤館閉春寒，杜鵑聲裏斜陽暮」兩句，就展現出春寒料峭、孤館深閉、日暮斜陽、杜鵑哀啼的氣氛、圖景，很好地襯托出詞人遭貶之後極度寂寞、失意的心情。

　　末兩句「郴江幸自繞郴山，為誰流下瀟湘去」向來為詞家推崇，意思是說：郴江原自繞着郴山流轉，為何卻向瀟湘流去？詞人見到郴江耐不住山城的寂寞，逕向遠方的瀟湘流去，而自己卻是被貶之身，不如郴江自由。詞人自傷貶謫遭遇，隱約婉轉，沉痛已極。

青玉案

賀鑄

【作者】

賀鑄（1052 至 1125 年），字方回，原籍山陰（今浙江省紹興市），生長在衞州（今河南省衛輝市）。據《宋史》等記載，賀鑄狀貌醜陋，所以時人稱他「賀鬼頭」，又因其名篇〈青玉案〉有「梅子黃時雨」名句而有「賀梅子」的雅號。

賀鑄是宋太祖孝惠皇后的族孫，又是趙氏宗室的女婿，照道理份屬皇親國戚，應該飛黃騰達才是。但是賀鑄為人任俠豪邁，尚氣使酒，雖對權貴，有不中意時，照樣出口傷人，所以仕途阻滯，始終屈居下位，抑鬱不得志。晚年退居蘇州橫塘，自號慶湖遺老，生活清貧，幾乎不能自給。

賀鑄的詞作題材較為豐富，風格也多所變化，兼有豪放、婉約二派之

長，善於融化前人成句，用韻特嚴，富有節奏感和音樂美。著有《東山詞》和《賀方回詞》。

【題解】

這首詞是賀鑄的名作。

據詞意推測，當是抒寫對昔日分手而去的戀人相思的情意。有人說詞人是假借思念美人，抒發有志難伸的情懷，似有穿鑿附會之嫌。

最後三句使用的聯珠比喻，尤其是「梅子黃時雨」一句，極為時人欣賞，因此稱他「賀梅子」。

【詞文】

凌波 ❶ 不過橫塘 ❷ 路，但目送，芳塵去。錦瑟華年 ❸ 誰與度？月橋花院，瑣窗 ❹ 朱戶，只有春知處。　　碧雲冉冉 ❺ 蘅皋 ❻ 暮，彩筆 ❼ 新題斷腸句。若問閒愁 ❽ 都幾許？一川 ❾ 煙草，滿城風絮 ❿，梅子黃時雨 ⓫。

❶ 凌波：典故出自曹植〈洛神賦〉：「凌波微步，羅襪生塵。」形容神女在水波上行走，這裏用以指女子輕盈的步履。

❷ 橫塘：地名，在蘇州盤門南，賀鑄曾在這裏築屋隱居。

❸ 錦瑟華年：美好的青春時期。語出李商隱〈錦瑟〉詩：「錦瑟無端五十弦，一弦一柱思華年。」

④ 瑣窗：雕繪連鎖花紋的窗子。

⑤ 冉冉：漸漸。這裏指雲緩緩飄過。

⑥ 蘅皋：音「衡高」，長滿香草的水邊高地。

⑦ 彩筆：生花之筆。傳說齊梁時江淹因得到一支五色筆，因而寫詩有許多佳詞美句。

⑧ 閒愁：自從陶潛〈閒情賦〉抒發愛情的鬱結之後，「閒愁」就常用以稱相思的苦悶。

⑨ 一川：一片望不到邊的平原。

⑩ 風絮：隨風飄舞的柳花。

⑪ 梅子黃時雨：舊曆四五月間多雨，正值梅子成熟時，俗稱「梅雨」。

【詞意】

輕盈的步履不再踏過橫塘路，我只好目送着她的芳蹤遠去。如花的青春歲月，她與誰人共度？她的家是在明月朗照的橋邊？有花木盛開的庭院、雕花的窗櫺、朱漆的門戶？——只有春光才知她的住處。

藍天上雲彩慢慢飄過，長滿香草的岸邊日色漸暮，我再一次拿起筆，題寫相思斷腸句。要是問我愁緒有多少，啊，就像一片平川上煙霧籠罩的小草、滿城飛舞的柳絮和那綿綿不絕的絲絲黃梅雨。

【賞析】

「閒愁」本來是個抽象的東西，詞人卻一連用了三個比喻，把它形象

化了 ——「一川煙草，滿城風絮，梅子黃時雨」。這三句所寫的都是春末夏初橫塘一帶的實景，拿來跟詞人此時的閒愁作比，而且這三個聯珠式的比喻並非單純的重疊，而是從不同的方面加厚：「一川煙雨」形容淒迷，「滿城風絮」形容凌亂，「梅子黃時雨」形容無窮無盡期。比喻一層層加厚，其感人的力量也越加強烈。「閒愁」被描寫得如此豐富、生動、形象、真切，堪稱「絕唱」！

鷓鴣天

賀
鑄

【作者】

見第 102 至 103 頁。

【題解】

這是一首有名的悼亡之作。賀鑄夫妻曾旅居蘇州，後來妻子死在那裏，他獨自回鄉。這首詞是詞人重到蘇州時寫的。

在文學史上，賀鑄的〈鷓鴣天〉與蘇軾的〈江城子・十年生死〉堪稱古代悼亡篇章中的雙絕。

【詞文】

　　重過閶門 ❶ 萬事非，同來何事 ❷ 不同歸？梧桐半死 ❸ 清霜後，頭白鴛鴦失伴飛。　　原上草，露初晞 ❹，舊棲 ❺ 新壠 ❻ 兩依依。空床 ❼ 臥聽南窗雨，誰復挑燈夜補衣？

❶　閶門：古代蘇州的城門名，這裏指蘇州。閶，音「昌」。

❷　何事：為甚麼。

❸　梧桐半死：典故出自枚乘〈七發〉：「龍門之桐，高百尺而無枝，其根半死半生。斫以製琴，聲音為天下之至悲。」這裏用以比喻自己喪偶之痛。

❹　晞：音「希」，乾燥。

❺　舊棲：指舊時的住所。

❻　新壠：新墳。

❼　空床：指妻子睡過的床。

【詞意】

　　當我重來蘇州，驚覺物是人非。當初你我同來，為何不能結伴同歸？我像是經霜梧桐，已經半死不活，又像是失伴的白頭鴛鴦，孤獨倦飛。

　　人生短促，年華匆匆逝去，猶如草上易乾的露水。看着舊居、新墳，喚回多少記憶，叫人難捨依依。我臥在空蕩蕩的床上，聽着敲打南窗的風雨，想着有誰還會深夜挑燈，為我補衣？

【賞析】

　　這首悼亡詞沒有回憶亡妻的形象和個性，作者只是以「梧桐半死」、「鴛鴦失伴」來表達他內心深處的痛苦。下片以荒原、衰草、舊棲、新壠、空床、夜雨渲染出眼前孤寂、淒涼的氛圍，再以「誰復挑燈夜補衣」這一設問把深沉的懷念和悼亡之情推向高潮。

摸魚兒・東皋寓居

晁補之

【作者】

　　晁補之（1053 至 1110 年），字無咎，濟州巨野（今屬山東省）人。宋神宗時進士，做過著作佐郎（掌管史料和撰述之職）和地方官，有相當的政績。後來因受新、舊黨之爭受株連而遭到貶謫，回鄉閒居，築「歸來園」（陶潛棄官歸隱時寫有著名的〈歸去來兮辭〉），自號「歸來子」。

　　晁補之本來以文章得到蘇軾的賞識，是「蘇門四學士」之一，詞的風格也受到蘇軾的影響，較為豪放沉鬱。

【題解】

這首詞是詞人的代表作。

宋哲宗紹聖四年（1097 年），因新黨清洗舊黨時受株連，詞人與秦觀等人同被「編管」遠邑，後退居故鄉，在故鄉的東皋（東山）築「歸來園」，以供遊憩。這首詞就是詞人隱居家鄉時所寫，表達了對田園歸隱生活的熱愛和對官場生活的厭棄。

【詞文】

買陂塘 ❶、旋栽楊柳，依稀淮岸江浦。東皋嘉雨 ❷ 新痕漲，沙觜 ❸ 鷺來鷗聚。堪愛處，最好是、一川夜月光流渚 ❹。無人獨舞。任翠幄 ❺ 張天，柔茵藉地，酒盡未能去。　　青綾被 ❻，莫憶金閨 ❼ 故步。儒冠曾把身誤 ❽。弓刀千騎 ❾ 成何事？荒了邵平瓜圃 ❿。君試覷 ⓫，滿青鏡 ⓬、星星 ⓭ 鬢影今如許！功名浪語 ⓮。便似得班超 ⓯，封侯萬里，歸計恐遲暮。

❶ 陂塘：水塘。陂，音「悲」。

❷ 嘉雨：好雨。

❸ 沙觜：向水中突出的沙地。觜，同「嘴」。

❹ 渚：音「主」，水中小洲。

❺ 幄：帳幕。

❻ 青綾被：漢代制度，尚書郎值夜，由朝廷供給新青縑白綾被。

❼ 金閨：即金馬門，漢武帝時學士起草文稿的地方。

⑧ 「儒冠」句：讀書誤了自己，也就是說做官誤了自己。儒冠，指讀書人。本句化用杜甫〈奉贈韋左丞丈二十二韻〉詩：「紈褲不餓死，儒冠多誤身。」

⑨ 弓刀千騎：指太守隨從有千騎之多。騎，音「技」。晁補之做過地方官，所以這麼說。

⑩ 邵平瓜圃：邵平，秦時人，封東陵侯，秦亡以後隱居長安種瓜，瓜有五色，味甘美，時人稱為「東陵瓜」。

⑪ 覷：音「翠」，看，注視。

⑫ 青鏡：青銅鏡。

⑬ 星星：形容鬢髮花白。

⑭ 浪語：虛言，廢話。

⑮ 班超：東漢時人，少年時便有大志，投筆從戎，平定西域三十六國，建立大功，封為定遠侯。在外三十多年，回到京城洛陽時已經七十一歲，不久便去世了。

【 詞意 】

買下池塘，隨即遍栽楊柳，依稀江淮美麗景色。東山好雨，塘水新漲，沙洲上成群的鷗、鷺嬉戲。最可愛的是：月光流瀉下的芳洲，空曠無人獨起舞。就讓翠柳張作帳幕，綠茵鋪作軟蓆，隨意飲酒盡興，仍然不忍歸去。

懶回想，享受青綾被、待召金馬門的舊事，只因讀書誤了自己。就算有千騎侍從，又成得何事？那秦朝的邵平因功封侯，卻荒廢了他的瓜圃，妨礙了他的隱居。君試看，銅鏡裏鬢髮斑斑，何物「功名」？全是空言浪語！即便學得班超，贏得萬里封侯，歸來年已遲暮，後悔晚矣！

【賞析】

　　這首詞上片寫景，極力渲染、誇讚「歸來園」的美景和隱居生活的樂趣。一口不大的池塘，被誇張地描寫為日間「鷺來鷗聚」、夜晚「月光流渚」；池塘旁的幾片莊稼地，也被誇張地描寫為「翠幄張天，柔茵藉地」。把一個小小的鄉間莊園描寫成「依稀淮岸江浦」（仿如江南景色）的人間仙境。詞人置身其間，自斟自飲，翩然獨舞，何等愜意，何等富於詩情畫意！「東皋嘉雨新痕漲」、「一川夜月光流渚」都是詞中極富意境的佳句。

　　上片對田園美景和歸隱之樂的極力誇讚，與下片對仕進為官的徹底否定形成強烈的對比。

　　整首詞文字暢達，氣勢豪邁，有詞評家認為辛棄疾的〈摸魚兒〉（見第 208 頁）一片，乃受到晁補之這首詞的影響。

賣花聲・題岳陽樓

張舜民

【作者】

　　張舜民（生卒年不詳），字芸叟，號浮休居士，邠州（今陝西省彬縣）人。宋英宗治平二年（1065年）進士。曾做過監察御史（掌管監察、執法的官吏）等官職。

　　宋神宗元豐四年（1081年），朝廷出兵五路攻西夏，張舜民在軍中任職，親眼見到宋兵久屯失利的情形，寫詩有「靈州城下千株柳，總被官軍斫作薪」、「白骨似沙沙似雪」等句，被人所奏，貶官郴州。

　　張舜民後來也做過諫議大夫等官，以敢於直言出名，死於宋徽宗時。

　　張舜民的詩寫得很好，其詞僅存四首，慷慨悲壯，風格與蘇軾相近。

【題解】

　　這是宋神宗元豐六年（1083年），詞人因譏議邊事被貶去郴州，途經岳陽。登臨岳陽樓，寫了兩首〈賣花聲〉詞，這是其中之一。岳陽樓在今湖南岳陽市，洞庭湖邊。

　　本詞抒寫離開京師之後的惆悵和對朝廷的留戀。

【詞文】

　　木葉下君山 ❶，空水漫漫。十分斟酒 ❷ 斂芳顏 ❸。不是渭城西去客，休唱〈陽關〉❹。　　醉袖撫危闌，天淡雲閒。何人此路得生還！回首夕陽紅盡處，應是長安 ❺。

❶　君山：在洞庭湖中。

❷　十分斟酒：把酒斟得滿滿的。

❸　斂芳顏：收斂起笑容，即滿面愁容。

❹　「不是」二句：唐代詩人王維〈送元二使安西〉詩：「渭城朝雨浥輕塵，客舍青青柳色新。勸君更進一杯酒，西出陽關無故人。」張舜民這時是南去，不是西行，所以這樣說。但這還是表面的話，實際上是怕聽離別的曲子，以免增加羈旅的哀愁。〈陽關〉，即根據王維〈送元二使安西〉詩譜成的《陽關三疊》，是唐宋以來流行的送別曲。

❺　長安：即今日的西安，本是唐的京城，這裏借指宋朝的京都汴京。

【詞意】

　　樹葉飄落君山，洞庭湖啊，水漫漫，與天相連。你把酒杯斟到十分，愁滿芳顏。我不是出使西去的元二，休唱淒涼的〈陽關〉曲！

　　我帶着幾分醉意，扶着高樓上的欄杆，眺望淡藍色的長天，白雲悠然。踏上貶謫之路，誰人得以生還？回頭看，那夕陽晚盡處，應是我心中的長安。

【賞析】

　　這首登臨之作，上片借景抒情，首二句「木葉下君山，空水漫漫」，不僅用長空碧水、君山葉落繪出洞庭秋色，而且把被貶異鄉、無所歸依的愁情編織在這片蕭殺的秋色裏。下片因情見景，「天淡雲閒」一個「閒」字與詞人此時內心的紛亂形成強烈的對比。結尾以「回首夕陽紅盡處，應是長安」收束，把詞人離別故鄉的愁情、心繫朝廷的深情描寫得真切動人。

蘇幕遮

周邦彥

【作者】

　　周邦彥（1056 至 1121 年），字美成，號清真居士，錢塘（今浙江省杭州市）人。早年行為不檢點，疏狂放蕩，雖博覽百家之書，但不為鄉里所推重。

　　宋神宗元豐初年（1078 年），周邦彥遊京師，獻〈汴都賦〉萬餘言，讚京都盛況，得到宋神宗的賞識，命為太學正（大學裏管訓導的官）。後來長期浮沉於州縣間擔任官職。宋徽宗時召為大晟府提舉（管理樂府的官吏），為朝廷製禮作樂。不久外調，晚景頗為落寞淒涼。

　　周邦彥精通音律，能自度曲。他的詞作音律嚴整，語言工麗，多用典故，形成了渾厚、典麗、縝密的藝術風格，是婉約派承前啟後的著名詞家。今存《片玉詞》。

【題解】

這是周邦彥的代表作之一，寫夏日在京城的思鄉之情。

【詞文】

　　燎❶沉香❷，消溽暑❸。鳥雀呼晴，侵曉❹窺簷語。葉上初陽乾宿雨❺，水面清圓，一一風荷舉❻。　　故鄉遙，何日去？家住吳門❼，久作長安❽旅。五月漁郎相憶否？小楫輕舟，夢入芙蓉浦❾。

❶　燎：音「聊」，點燃，燃燒。

❷　沉香：即沉水香，香氣很濃。

❸　溽暑：潮濕的夏天天氣。溽，音「肉」，潮濕。

❹　侵曉：天快亮的時候。

❺　宿雨：隔夜的雨。

❻　舉：昂起。

❼　吳門：指蘇州一帶地區，這裏指作者的故鄉錢塘（古屬三吳之地）。

❽　長安：唐代的京城，這裏指北宋京都汴梁。

❾　芙蓉浦：有溪洞可通的荷花塘。古時稱荷花為「芙蓉」。

【 詞意 】

點燃沉香，消除悶熱暑氣。天剛拂曉，鳥雀就在簷下大聲吱喳，歡呼雨住天晴，大好天氣！紅艷的旭日，曬乾了葉上殘留的雨滴。圓潤的荷葉綠淨清新，一朵朵荷花迎着晨風昂起了頭，輕輕搖曳。

啊，故鄉遙遠，何時才能回返？家住蘇州，卻久久滯留在京都汴梁。在這撩人情思的五月，打魚的兒時伙伴呀，你還記得我嗎？而我卻總是夢見乘坐輕舟、划動短槳，駛入故鄉的荷塘！

【 賞析 】

這首詞和大多數詞一樣，上片寫景，下片抒情。上片對陣雨之後鳥雀和荷花的描寫，堪稱神來之筆。「鳥雀呼晴」的「呼」字和「水面清圓，一一風荷舉」的「舉」字，使全詞充滿生氣和動感。王國維《人間詞話》稱讚：「美成〈蘇幕遮〉詞：『葉上初陽乾宿雨，水面清圓，一一風荷舉。』此真得荷之神理者。」下片抒情用直抒胸臆的方式，言辭質實明瞭，不事雕琢，「五月漁郎相憶否」一句用的是反襯手法，不說自己想念鄉親，卻問鄉親是否想念自己，從正面加深一層，使思鄉之情，更為迫切。

周邦彥的詞往往因過分雕琢而失去自然的神韻，而這首〈蘇幕遮〉卻語詞如話，清新自然，使我們感受到作者的思鄉真情。

西河·金陵懷古

周邦彥

【作者】

見第 116 頁。

【題解】

金陵，歷代名都，今南京市。

北宋時期的金陵懷古詞，最有名的是王安石的〈桂枝香·登臨送目〉（見第 52 頁）和周邦彥的這一首〈西河·金陵懷古〉，異曲同工，並臻妙境。兩首詞都有對歷史興亡的感慨，但互不抄襲，各肖其人。把這兩篇佳作對照起來讀，是十分有趣的。

【詞文】

　　佳麗地❶。南朝❷盛事誰記？山圍故國❸繞清江，髻鬟對起。怒濤寂寞打孤城❹，風檣❺遙度天際。　　斷崖樹，猶倒倚❻。莫愁❼艇子曾繫。空餘舊跡鬱蒼蒼，霧沉半壘❽。夜深月過女牆來，傷心東望淮水❾。　　酒旗戲鼓甚處市？想依稀、王謝鄰里。燕子不知何世，向尋常巷陌人家，相對如說興亡，斜陽裏❿。

❶ 佳麗地：非常美好的地方，指金陵。語本謝朓〈入城曲〉：「江南佳麗地，金陵帝王州。」

❷ 南朝：南朝的宋、齊、梁、陳四朝，都在金陵建都。

❸ 故國：故都，指金陵。

❹ 「怒濤」句：化用劉禹錫〈石頭城〉詩：「潮打空城寂寞回。」

❺ 風檣：乘風張帆的船隻。檣，桅杆，這裏指代船。

❻ 倒倚：指斷崖老樹的樹幹緊挨着石壁倒掛着，橫生斜長。

❼ 莫愁：傳說中的古代美女。古樂府有〈莫愁樂〉：「莫愁在何處？莫愁石城西。艇子打雙槳，催送莫愁來。」石城即石頭城（金陵的別稱），現在南京有莫愁湖。

❽ 壘：指石頭城軍壘。

❾ 「夜深」二句：化用劉禹錫〈石頭城〉詩：「淮水東邊舊時月，夜深還過女牆來。」女牆，古代城牆上端呈凹凸狀的小牆。

❿ 「王謝鄰里」至「斜陽裏」句：化用劉禹錫的〈烏衣巷〉詩：「舊時王謝堂前燕，飛入尋常百姓家。」王謝鄰里，指烏衣巷一帶，東晉時，王謝兩個豪門大族在南京烏衣巷比鄰而居。

【詞意】

金陵，你這「江南佳麗地」，昔日的南朝盛況，有誰曾記？這舊時的京都，青山環抱，綠水縈繞，江邊的峰巒猶如女子高聳的髮髻。怒濤寂寞地拍打着孤城，船兒鼓着風帆，駛向遙遠的天際。

臨水山崖的那株古樹，依然倒掛峭壁，當年的莫愁姑娘，曾把小艇繫在這裏。如今，往事徒然留下一些遺跡，林木蒼鬱，沉沉霧氣遮住了半截城壘。深夜，明月升上了城頭上的短牆，傷心地東望秦淮河的流水。

那邊廂酒旗招展，戲鼓喧囂，往日是何街市？——想來似是烏衣巷，東晉的王謝豪族曾在那裏比鄰而居。燕子不知人間何世，一仍舊貫，飛入的卻已是尋常百姓人家。夕陽西下，燕子還在相對呢喃，彷彿也在驚歎着王朝的興亡更替。

【賞析】

這首詞的特色是善於變用前人現成的詩句入詞。在二十個自然句中有十一句是改造、搬用前人的詩句，難得的是詞人能融化，不見針縫線跡，並依據詞作的需要，將原詩本意加以巧妙變化，擴大詞的意境，深化主題。

例如，將劉禹錫的「淮水東邊舊時月，夜深還過女牆來」詩句，改為「夜深月過女牆來，傷心東望淮水」，將月亮擬人化，寫出月之傷情，也就是寄寓詞人的傷時之情。

張炎《詞源》稱讚周邦彥最擅長的地方是：「善化詩句，如自己出。」〈西河〉便是一個很突出的例子。

蝶戀花・早行

周邦彥

【作者】

見第 116 頁。

【題解】

這首詞寫一對戀人在秋日拂曉離別時難捨難分的情景。

【詞文】

月皎驚烏棲不定，更漏❶將闌❷，轆轤❸牽金井❹。喚起兩眸❺清炯炯❻，淚花落枕紅綿冷。　　執手霜風吹鬢影，去意徊徨❼，別語愁難聽。樓上闌干橫斗柄❽，露寒人遠難相應。

❶　更漏：古代夜間憑刻漏報更，所以叫做「更漏」。

❷　闌：盡。

❸　轆轤：打水用的滑車。

❹　金井：井欄上有雕飾的井，常用作井的美稱。

❺　眸：音「謀」，眼珠。

❻　炯炯：音「迥迥」，明亮。

❼　徊徨：彷徨無主的樣子。

❽　橫斗柄：北斗星的柄橫斜，指天亮時。

【詞意】

　　皎潔的月光，驚醒了在枝頭棲息的烏鴉，五更將盡，井旁傳來了轆轤打水的響聲。喚醒戀人，一雙淚眼晶瑩。看紅棉枕，昨夜已被淚水浸透，又濕又冷。

　　手兒拉着手兒，任憑霜風吹亂我們的鬢髮，離情最是教人彷徨，愁苦的臨別叮嚀，怎忍心聽？戀人遠去，樓頭已見北斗星橫；露重天寒，此刻只聽得遠近雞啼，此呼彼應，一聲聲、一聲聲⋯⋯

【賞析】

　　這首詞層次井然，先寫「驚烏棲不定」、「轆轆牽金井」，開啟了「早行」的序幕──起床；而後寫送別時「執手霜風吹鬢影，去意徊徨」；最後寫別後登樓，看到的是北斗星斜，聽到的是四面雞聲。一層層，各抓住具有特徵的細節，將依依不捨的惜別之情，表現得歷歷如繪。

瑣窗寒

周邦彦

【作者】

見第 116 頁。

【題解】

此詞抒寫作者客中寒食節時對雨思鄉之感。

從詞中提到「遲暮」和「禁城」推測，這首詞當是詞人晚年在京城所作，而那個時候他的宦況頗為落寞。

【詞文】

　　暗柳 ❶ 啼鴉，單衣佇立 ❷，小簾朱戶。桐花 ❸ 半畝，靜鎖一庭愁雨。灑空堦 ❹、夜闌 ❺ 未休，故人剪燭西窗 ❻ 語。似楚江 ❼ 瞑宿 ❽，風燈 ❾ 零亂，少年羈旅 ❿。　　遲暮 ⓫。嬉遊處。正店舍無煙，禁城 ⓬ 百五 ⓭。旗亭 ⓮ 喚酒，付與高陽儔侶 ⓯。想東園、桃李自春 ⓰，小脣秀靨 ⓱ 今在否？到歸時、定有殘英 ⓲，待客攜尊俎 ⓳。

❶ 暗柳：柳陰深處。

❷ 佇立：長時間站立。佇，音「柱」，同「佇」。

❸ 桐花：桐應指白桐，木質輕軟，葉大，花白色。

❹ 堦：同「階」，指石階。

❺ 夜闌：即夜深。

❻ 剪燭西窗：典故出自唐詩人李商隱的〈夜雨寄北〉：「何當共剪西窗燭，卻話巴山夜雨時。」後人以「剪燭西窗」表示和友人徹夜談心。

❼ 楚江：荊州地方，在長江中游。

❽ 瞑宿：即夜宿。

❾ 風燈：夜航船上懸掛的燈。

❿ 羈旅：滯留他鄉。

⓫ 遲暮：指暮年。

⓬ 禁城：京城。禁，指宮殿，古代帝王所居，一般人禁止通行。

⓭ 百五：寒食節的代稱。舊時風俗，冬至後一百零五天為寒食節，禁火三日，所以說「店舍無煙」。

⓮ 旗亭：指酒店、酒家。

❺ 高陽儔侶：高陽是地名，在今河南杞縣西，《史記》記載，酈食其（音「力異
　　基」）要見劉邦，劉邦的使者說劉邦沒時間接見儒人（讀書人），酈食其大怒
　　說：「吾高陽酒徒，非儒人也。」高陽儔侶，指好飲酒而狂放不羈的人。儔，
　　音「酬」。

❻ 自春：順着自然季節而綻放春花。

❼ 靨：音「頁」（中入聲），臉上的小酒窩。

❽ 殘英：枝頭殘留着的花朵。

❾ 尊俎：古代盛載酒肉的器皿，常用作宴席的代稱。俎，音「阻」。

【詞意】

　　柳陰深處，傳來聲聲鴉啼；朱色的門戶，竹簾低垂，我披一襲單衣，
倚門久久站立。門外半畝白桐，默默地綻開紫花，寂寥的庭院緊鎖着叫人
發愁的暮雨。冷雨滴滴答答灑落在空蕩的石階上，直到夜深仍未停止。
啊，此時此刻，多麼想與友人剪燭西窗，傾吐心事；此情此景，我不由想
起少年荊州羈旅，有一次夜宿楚江，看着船梢上的風燈搖晃不已，忽亮忽
熄⋯⋯

　　如今年華老去。昔日嬉遊的京華，也因時屆寒食，酒店客舍一律煙火
不舉。旗亭喚酒的逸興豪情，早已交付愛喝酒的朋輩友侶。我的內心只惦
記着故鄉，東園的桃樹李樹，現在又該是逢春開放之時。那個小唇秀靨的
女郎還在不在呢？到了我真的歸去，枝頭應該還有殘留的花朵，等待着我
帶酒去觀賞暮春的景致。

【賞析】

作者善用移情手法，是這首詞的藝術特點之一。所謂移情手法，即是借畫面代替言辭，以寄託內心感情。例如，作者宦途失意，久居異地，暮年境況淒涼，適逢寒食節令，不禁感慨萬千，內心的愁苦不言而喻。但是作者偏不說愁，只言雨愁 ——「桐花半畝，靜鎖一庭愁雨」，透過外在的景物，抒寫內心的愁苦，猶如這飄飄灑灑、綿綿無盡的春雨一樣，被靜靜地鎖在寂寞的庭院裏無處宣洩。接下去二句 ——「灑空堦、夜闌未休」，字面上是寫自然界的雨，寄託的也是作者心中紛至杳來、排遣不盡的愁。

這首詞不斷更換的畫面，都不是單純為寫景而寫景。細細咀嚼這些畫面，我們便能領略作者移情手法的高妙了。

八聲甘州・壽陽樓八公山作

葉夢得

【作者】

葉夢得（1077 至 1148 年），字少蘊，自號石林居士，蘇州（今江蘇省蘇州市）人。宋哲宗紹聖四年（1097 年）舉進士。宋徽宗時任翰林學士（替皇帝草擬詔令的官吏）。南渡後，兩次任建康（今南京市）知府，對軍事的補給工作做得很好，有助於前方的抗金戰爭。

葉夢得的詞作，詞風簡淡，感懷國事之作有雄傑之氣。著有《石林詞》。

【題解】

　　這首懷古傷今的作品，大約寫於紹興初年（1131 年）前後，當時葉夢得被主和派朱勝非排擠，出任江東安撫大使兼壽春等六州安撫使。

　　位於壽陽（即壽春，今安徽省壽縣）城北的八公山，淝水繞此山入淮，歷史上有名的淝水之戰即在這裏發生。詞人登臨八公山，遙望淮水，憑弔淝水之戰的古戰場，感慨萬端，寫下這首〈八聲甘州〉以抒發情懷。

【詞文】

　　故都 ❶ 迷岸草，望長淮、依然繞孤城 ❷。想烏衣年少 ❸，芝蘭秀發 ❹，戈戟雲橫 ❺。坐看驕兵 ❻ 南渡，沸浪駭奔鯨。轉盼 ❼ 東流水，一顧功成。　　千載八公山下，尚斷崖草木，遙擁崢嶸。漫雲濤吞吐，無處問豪英。信勞生 ❽、空成今古，笑我來、何事愴遺情 ❾。東山老 ❿，可堪歲晚，獨聽桓箏 ⓫。

❶　故都：指壽陽，古楚國的都城。

❷　孤城：也指壽陽。當宋、金劃淮河為界後，淮東沿河重鎮是淮陰，淮南重鎮即壽陽，而南宋君臣只因苟安，不思恢復，即使臨邊重鎮也日趨荒涼，成為孤城。

❸　烏衣年少：指淝水之戰的名將謝玄。晉代王導、謝安兩大家族聚居建康（今南京市）烏衣巷，人稱其子弟為「烏衣郎」。謝玄大破符堅軍的時候年四十，言其「年少」，是相對於其叔謝安輩而言的。

❹　芝蘭秀發：比喻子弟人材出眾。芝蘭，比喻好的子弟。秀發，長得很茂盛。

❺ 雲橫：像雲一樣橫連成片。

❻ 驕兵：指苻堅的軍隊。苻堅自恃兵多，誇口說：「以吾之眾旅，投鞭於江，足斷其流。」

❼ 轉盼：轉眼間。

❽ 勞生：勞苦一生。

❾ 遺情：思念往事。

❿ 東山老：指謝安。謝安未出仕前曾隱居會稽東山。

⓫ 桓箏：桓指桓伊，淝水戰役的名將，善彈箏。《晉書·謝安傳》載，謝安晚年被晉武帝疏遠，一日，謝安陪孝武帝飲酒，桓伊彈箏助興，歌曹植〈怨歌行〉詩句：「為君既不易，為臣良獨難。忠信事不顯，乃有見疑患。」謝安聽罷「泣下沾衿」，孝武帝「其有愧色」。

【詞意】

　　河岸上淒迷的荒草，掩映着故都壽陽；眺望淮水，依然環繞着這座危危孤城。遙想南朝謝家子弟，青春年少，意氣風發；率領猛將精兵，戈戟連雲，軍容何等鼎盛，以逸待勞，迎擊前秦驕兵南渡；只見苻堅的百萬雄師一如受驚的巨鯨，在翻滾的浪濤中奔竄。赫赫奇勳，轉眼功成。

　　千載之下，八公山的草木仍然簇擁着崢嶸的險峰峻嶺。如今，當年的英雄已無處尋覓，只見山峰上的雲濤自由自在地吞吐升騰。謝玄一生艱苦馳騁，已成陳跡，可笑我，為何還懷古傷情？連謝安都感慨自己老了，只能獨坐聽桓伊彈箏。

【賞析】

這是一首懷古詞，上片是對淝水之戰的回想，對這場重大戰役，作者只用「想烏衣年少，芝蘭秀發，戈戟雲橫。坐看驕兵南渡，沸浪駭奔鯨」五句話加以概括，將淝水之戰如聞如見地展現在我們的面前，既簡練，又有氣勢。而東晉大捷，則用「轉盼東流水，一顧功成」九個字收拾得乾淨利落。這段描寫與蘇軾的〈念奴嬌．赤壁懷古〉（見第 80 頁）詞中赤壁戰役的描寫「遙想公瑾當年……」，在表現手法上有相似之處，可以對照起來欣賞。

下片着重抒情，表達作者的感觸和不平。歇拍三句「東山老，可堪歲晚，獨聽桓箏」用的是曲筆，對於他本人受到主和派的壓抑與排擠而生出的悲憤蒼涼之情，溢於言表，悠然有不盡之意。

鷓鴣天・西都作

朱敦儒

【作者】

　　朱敦儒（1081 至 1159 年），字希真，洛陽（今河南省洛陽市）人。早年以清高自許，不願做官。後來朝廷屢次徵召才做過一段短時間的官。

　　朱敦儒的詞語言清新曉暢，多寫閒適生活。有《樵歌》傳世。

【題解】

　　《宋史・文苑傳》記載：「（朱敦儒）靖康中召至京師，將處以學官。敦儒辭曰：『麋鹿之性，自樂閒曠，爵祿非所願也。』固辭，還山。」這首詞大約是詞人從汴京返回洛陽之後作的。宋時稱洛陽為「西京」，即「西

都」，所以題為〈西都作〉。

　　這首詞很有特色，在當時曾風靡汴京、洛陽，廣為流傳。它表明了作者喜愛山林、陶醉於詩酒的隱逸情懷，以及傲視王侯、權貴的耿介品格。

【詞文】

　　我是清都 ❶ 山水郎 ❷，天教 ❸ 懶慢帶疏狂 ❹。曾批給露支風券，累奏留雲借月章 ❺。　　詩萬首，酒千觴 ❻，幾曾着眼看侯王？玉樓金闕 ❼ 慵 ❽ 歸去，且插梅花 ❾ 醉洛陽。

❶　清都：傳說中天帝居住的地方，天國的京城。

❷　山水郎：詞人杜撰出來的管理山水的郎官。郎，皇帝的侍從官。

❸　教：音「膠」，讓，使。

❹　疏狂：狂放，不受禮法的拘束。

❺　「曾批」二句：這兩句互文見義，說自己曾一再向天帝請求享受風露雲月的特殊供給，蒙天帝恩准，批給了支取風露雲月的文券。

❻　觴：音「商」，酒杯。

❼　玉樓金闕：白玉樓台，黃金宮闕，指天庭的華麗殿堂。

❽　慵：音「容」，懶，困倦。

❾　插梅花：洛陽盛產牡丹，作者不說「插牡丹」而說「插梅花」，揚棄花中之王侯（牡丹）而選取花中的隱士（梅花），反映了詞人的隱逸情懷。

【詞意】

我是天庭的山水郎官，秉性懶散疏狂。天帝曾特別恩准，批給我領取風露的票券，我又曾為了留雲、借月，向天帝屢上奏章。

閒吟詩萬首，醉飲酒千觴，何曾正眼去看王侯將相？天庭的玉樓金殿，我懶歸去，只願頭簪梅花，醉倒洛陽。

【賞析】

這首詞的上片通過馳騁的神思、浪漫的想像，把自己塑造成「懶慢帶疏狂」的天宮浪子，橫生出全新的妙趣。詞人的隱逸情懷，就通過這超現實的獨特狂想，活潑地抒發出來。下片專抒自己的胸懷與好惡，突出本詞的主旨。

整首詞灑脫爽利，清新脫俗，是一首極為出色的婉麗小令。

如夢令

李
清
照

【作者】

　　李清照（1084 至 1155〔？〕年），號易安居士，歷城（今山東省濟南市）人。父親李格非是很受蘇軾賞識的散文作家，母親王氏也善寫文章。李清照幼年好學，博聞強記，聰慧過人，小時候便有詩名。

　　十八歲時，與太學生趙明誠結婚，兩人志趣相投，時相唱和，婚姻生活十分美滿。

　　靖康之變那年，李清照渡過淮河南下，翌年，即宋高宗建炎二年（1128 年）四月，她的丈夫趙明誠被任命為湖州太守，赴任途中中暑得病，死於建康（今南京市）。這一年李清照四十六歲。

　　此後，李清照便隻身漂泊在杭州、越州（今浙江省紹興市）、溫州、金華一帶，過着難民的生活，晚年的景況極為凄涼、困苦。

李清照是宋代詞壇上婉約派的重要代表人物。她的詞以宋室南渡為界，分為前後兩期。前期的詞清新流麗，後期蒼涼沉鬱，多寓國亡家破之痛。有詞集《漱玉詞》。

【題解】

　　這首回憶郊遊活動的小詞，是詞人早年的作品。

【詞文】

　　常記溪亭 ❶ 日暮，沉醉不知歸路。興盡晚回舟，誤入藕花 ❷ 深處。爭渡 ❸，爭渡，驚起一灘鷗鷺。

❶　溪亭：泉名，是濟南七十二名泉之一。

❷　藕花：荷花。

❸　爭渡：奮力划槳，奪路而出。

【詞意】

　　時常記起那次郊遊，我在溪亭飲酒，醉得認不出歸家的路。玩夠了，天色已晚，我搖着小船回去，卻誤入荷塘深處，田田荷葉把船兒阻住。我慌亂地奮力划着、划着，那船槳的拍水聲驚飛了夜宿灘頭的鷗鷺。

【賞析】

這首詞寫一次郊遊，酒醉夜歸。在組織材料方面，這首詞很有特色，先寫沉醉，次寫晚歸，而後是誤入藕花深處，再後來是爭渡，由爭渡而引起一灘鷗鷺驚飛。五個層次，曲折有致。充分顯示了作者善於剪裁的功夫。

這首詞語言自然優美，像「誤」（寫搖船時的醉意朦朧）、「爭」（寫迷路時的慌亂）和「驚」（寫鷗鷺受驚拍翅急飛形態）都是使用得十分準確、生動的字眼，而又是一些尋常口語。以自然優美的口語來與這首詞新鮮活潑的情調相配襯，可謂相得益彰。

如夢令

李清照

【作者】

見第 136 至 137 頁。

【題解】

　　本詞寫暮春一個風雨之夜後的早晨，庭院裏海棠花葉茂花凋的變化，以抒發詞人惜春憐花的心緒。

【詞文】

　　昨夜雨疏風驟，濃睡 ❶ 不消殘酒 ❷。試問捲簾人，卻道「海棠依舊」。「知否？知否？應是綠肥紅瘦 ❸。」

❶　濃睡：酣睡。

❷　殘酒：殘餘的醉意。

❸　綠肥紅瘦：這句描寫經過一夜風雨，海棠的綠葉顯得更加繁茂，而它的紅花卻更加凋殘和零落。

【詞意】

　　昨夜，雨已疏落，風卻越是颳得急驟；一夜酣睡之後，雙頰仍有醉意殘留。試問正在捲簾的侍婢，她答說庭院裏的海棠開放依舊。「哎，你可知道，你可知道，該是它的綠葉肥了，紅花消瘦。」

【賞析】

　　運用問答對話來表達主人公的惜春憐花之情，是這首詞的一大特色。

　　其實，侍女回答「海棠依舊」，正是詞人心底惜花的願望，但是經過一夜的「雨疏風驟」，春事已去，「依舊」是絕對不可能的了，所以糾正說：「應是綠肥紅瘦。」

　　「綠肥紅瘦」四個字把園中的海棠寫活了。以「綠」代葉，以「紅」

代花，已極精練，那「肥」、「瘦」二字更是獨創。詞人大膽地把一般用來形容人身材的形容詞，用以描繪弱不禁風的海棠花和經過雨水滋潤過的綠葉，把紅花的凋零和綠葉的茂盛描寫得栩栩如生，真是妙極！

一剪梅

李清照

【作者】

見第 136 至 137 頁。

【題解】

　　李清照十八歲出嫁，夫妻十分恩愛。婚後不久，丈夫趙明誠又出外繼續求學。詞人不忍新婚驟別，用錦帕寫下這首抒情小令，寄託對遠行丈夫的懷念。

【詞文】

　　紅藕 ❶ 香殘玉簟 ❷ 秋。輕解羅裳，獨上蘭舟 ❸。雲中誰寄錦書 ❹ 來？雁字 ❺ 回時，月滿西樓。　　花自飄零水自流。一種相思，兩處閒愁。此情無計可消除，才下眉頭，卻上心頭。

❶　紅藕：紅色的荷花。

❷　玉簟：指竹蓆，「玉」是它的美稱。簟，音提染切。

❸　蘭舟：指船，「蘭」是它的美稱。

❹　錦書：書信的美稱，通常指情書。

❺　雁字：指大雁。大雁飛時排成「一」字形或「人」字形，所以稱為「雁字」。自古以來有大雁傳遞書信的美談佳話。

【詞意】

　　池塘裏的紅荷已經花凋香殘，光滑如玉的竹蓆也透着微涼 —— 時已新秋！我輕解羅裳，一身便服，獨自蕩着小舟。仰望藍天，企盼雲中信使，帶來他的懷念。一直等到「人」字雁行飛回，皎潔的月光已經灑滿西樓。

　　花兒自管飄落，江水自管東流。你我害着同一樣的相思，卻分隔兩地，各自苦愁。這刻骨的思念之情啊，實在難以排遣，這不？才從眉頭揮去，忽又襲上心頭！

【賞析】

　　這首思念丈夫的小令，其特點是借景抒情，融情入景。上片通過描寫秋光、秋意（紅藕香殘、玉簟夜涼、雲中雁字、西樓冷月）來襯托女主人公孤單寂寞的感受；下片「花自飄零水自流」以落花流水來襯托詞人對青春易逝、夫妻分離的抱憾。感情表達得比較間接和含蓄。

　　煞拍三句改用直抒胸臆的手法。「才下眉頭，卻上心頭」是一個迅速變化的過程，由外表而及於內心，進一步渲染了詞人的相思之情。用語淺白，感情真摯，是千古名句。

醉花陰

李清照

【作者】

見第 136 至 137 頁。

【題解】

這是李清照懷念丈夫的名篇。

相傳李清照把這首詞寫在錦帕上寄給丈夫，趙明誠讀後，讚歎不已。他閉門謝客，廢寢忘食三天三夜，寫了五十首詞，把李清照的這首〈醉花陰〉也夾雜其中，然後請他的好友陸德夫品評。陸德夫玩味再三，說：「只有三句絕佳。」趙明誠問他是哪三句，陸答：「莫道不銷魂，簾捲西風，

人比黃花瘦。」—— 這正是他愛妻李清照寫的詞句啊！

【詞文】

薄霧濃雲愁永晝❶，瑞腦❷消金獸❸。佳節又重陽，玉枕❹紗櫥❺，半夜涼初透。　東籬❻把酒黃昏後，有暗香❼盈袖。莫道不銷魂❽，簾捲西風，人比黃花❾瘦。

❶　永晝：漫長的白天。

❷　瑞腦：一種香料，叫龍腦香。現在稱為冰片。

❸　金獸：鑄有獸形的銅香爐。

❹　玉枕：瓷做的枕頭。

❺　紗櫥：古時的蚊帳，用木框糊上輕紗，像個櫥子，所以稱為「紗櫥」，亦稱「蚊櫥」。

❻　東籬：種菊的園地，化用陶潛〈飲酒〉的詩句：「採菊東籬下，悠然見南山。」

❼　暗香：指菊花的幽香。

❽　銷魂：傷神。

❾　黃花：菊花的雅稱。

【詞意】

薄霧瀰漫，濃雲滿天，日長如年，叫人心裏發愁。我每每守着金獸香爐，無聊地看着瑞腦香氣升起、消散，裊裊娜娜。又到重陽佳節，枕着瓷

枕，獨睡紗帳，夜半已覺秋涼初透。

捱到黃昏時分，我在庭園東籬把酒賞菊，幽香盈滿了衣袖。莫說離愁不會傷神，當那西風捲起簾子，就可以見到簾裏的人兒啊，比菊花還要消瘦。

【賞析】

這首小令委婉含蓄地抒寫了懷念丈夫的愁緒。全篇像一組移動的鏡頭，展示了從午後到黃昏、由室內到室外、再由室外到室內形象鮮明的畫面，逐層渲染女主人公心中的濃情蜜意。

結尾三句是全篇的精神所在：「莫道不銷魂，簾捲西風，人比黃花瘦」。「銷魂」既是相思的結果，又是人瘦的原因。詞人以簾外瑟瑟秋風中的殘菊來比簾內女主人公的憔悴，這一「比」不但使情景交織在一起，還突出了「瘦」這個字眼。「瘦」，既是人物形體特徵的描繪，又是內心世界的透視。這樣一個身體瘦削、滿面愁容的女詩人形象便活脫脫地凸顯在我們面前了。

聲聲慢

李清照

【作者】

見第 136 至 137 頁。

【題解】

這是李清照從北方逃難南下之後寫的名篇。

詞人南下不久，她的丈夫趙明誠去世，此後她飽受了國破家亡的痛苦。本篇沉痛地抒發了詞人淒楚、絕望的哀傷之情。

【詞文】

　　尋尋覓覓，冷冷清清，淒淒慘慘戚戚。乍暖還寒 ❶ 時候，最難將息 ❷。三杯兩盞淡酒，怎敵他、晚來風急！雁過也，正傷心，卻是舊時相識 ❸。　　滿地黃花堆積，憔悴損 ❹，如今有誰堪摘？守着窗兒，獨自怎生得黑 ❺！梧桐更兼細雨，到黃昏、點點滴滴。這次第 ❻，怎一箇愁字了得！

❶　乍暖還寒：形容秋天氣候的冷暖不定。

❷　最難將息：很難安排自己。將息，有調養、休息的意思。

❸　舊時相識：大雁從北方飛來，而詞人家鄉在北方，因此稱牠們為「舊時相識」。

❹　損：煞，極。用如程度副詞，表示程度高。

❺　怎生得黑：怎能捱到天黑。怎生，怎樣。

❻　這次第：這一連串的情況。次第，光景。

【詞意】

　　尋尋覓覓，我悵然若失；四周秋景，盡是冷冷清清；歡境遇淒慘，心情悲戚。天氣乍暖還寒，最難侍候自己多病的身體。喝下三杯兩盞淡酒，怎敵得過傍晚急風襲來的寒意。正傷心，見一行大雁自北而來，掠過高空，牠們卻是來自故鄉的舊時相識！

　　庭院裏的菊花散落滿地，憔悴不堪，還有甚麼可供玩賞、採摘？我獨自守在窗前，如何才能捱到天黑？細雨飄灑在梧桐樹上，直到黃昏，還下得漸漸瀝瀝。此時此刻，我的內心百感交集，一個「愁」字又怎能包括？

【賞析】

這首詞寫一天之中的實感。詞人以時間推移為線索，從幾個側面形象地揭示了女主人公感情的發展和深化。

詞的開始十分特別，一連下了十四個疊字，六雙聲，三疊韻，突出了詞人百無聊賴、心神不定的神態，表現了詞人悲深愁絕的痛苦心情。這出奇制勝、頓挫淒絕的十四個疊字，感情強烈，前人還不曾有過這種表現形式，所以歷代詞論家為之稱讚不絕。

以下鋪敘了六件事：秋日難度、晚風難敵、雁過傷心、菊落傷情、窗邊獨守、梧桐細雨，極寫環境氣氛的淒清冷落。在絕望的哀傷中，感情也發展到頂點，最後用一個反詰：「怎一箇愁字了得！」來結束全詞，把煞拍在感情的最高浪峰上突然凝住，蘊含着千言萬語，留待讀者細細去回味、咀嚼。

武陵春

李清照

【作者】

見第 136 至 137 頁。

【題解】

這首詞是詞人顛沛流離來到浙江金華之後寫的。據她自己在《打馬圖賦》中說，那是紹興四年，即距靖康之恥七年，距她丈夫之死也六年多了。家國的破碎，他鄉的飄泊，晚景的淒涼，使得詞情極為悲苦。

【詞文】

　　風住塵香花已盡，日晚倦梳頭。物是人非事事休，欲語淚先流。　　聞說雙溪春尚好，也擬 ❶ 泛輕舟。只恐雙溪 ❷ 舴艋 ❸ 舟，載不動、許多愁。

❶　擬：打算，準備。

❷　雙溪：水名，在今浙江金華城南，宋時風景秀麗，是遊覽勝地。

❸　舴艋：音「窄猛」，小船。

【詞意】

　　風兒停息，花兒凋落，塵土裏還有落花的芬香殘留。日頭升得老高，我還懶得梳頭。看眼前物是人非，萬事皆休。想訴說一下心頭的悲苦，未曾開口，淚已先流。

　　聽說雙溪的春色還好，也曾打算去蕩舟一遊。卻又怕那小小的遊船，載不動我這許多憂愁。

【賞析】

　　這首詞上片抒寫眼前景色之不堪，心情之淒楚，「物是人非」一句點明了一切悲苦的由來。下片四句，以「聞說」、「也擬」、「只恐」六個虛詞，傳神地表現了詞人一段曲折的內心活動：雙溪春好，聽說了；泛舟出

遊，動念了；可是忽然擔心「雙溪舴艋舟，載不動、許多愁」，結果呢，還是一個人坐擁愁城！

李後主〈虞美人〉有這樣的詞句：「問君能有幾多愁，恰似一江春水向東流。」只是以水之多比愁之多而已；秦觀〈江城子〉有這樣的詞句：「便做春江都是淚，流不盡，許多愁。」則已經把愁物質化，把愁變成了可以放在江中、隨水流盡的東西。李清照卻進一步把它搬上了船，於是愁竟有了重量，不但可以隨水而流，而且可以用船來載。創新的比擬，千百年來贏得了人們的讚賞和喜愛。

采桑子·別情

呂本中

【作者】

呂本中（1084至1145年），字居仁，號紫微，壽州（今安徽省壽縣）人。宋高宗朝，做過中書舍人（審閱公事、草擬有關詔令的官吏）等職。他曾向高宗陳述恢復大計，後觸怒秦檜，被免職。人稱「東萊先生」。

呂本中的詞以婉麗見長，後人輯有《紫微詞》。

【題解】

這是一篇抒寫離情的小令。

本首寫聚少離多，難得團圓，以月作比，富民歌風味。

【詞文】

　　恨君不似江樓❶月，南北東西，南北東西，只有相隨無別離。　　恨君卻似江樓月，暫滿還虧❷，暫滿還虧，待得團圓是幾時？

【詞意】

　　我怨你，怨你不像江邊樓頭的明月，無論我走到南北東西，南北東西，它都緊緊相隨，從不別離。

　　我怨你，怨你又像江邊樓頭的明月，暫時圓了又虧，圓了又虧，再要團圓，須等幾時？

【賞析】

　　這首詞除了明白如話、自然生動之外，比喻也極為巧妙。

　　同樣以「江樓月」比喻，上片讚它「南北東西，只有相隨無別離」，下片卻責備它「暫滿還虧，待得團圓是幾時」。對同一個喻體，一褒一貶，用得那麼自然貼切，在詩詞中並不多見。

　　另外，這首詞學習了民歌的複杳手法，像「南北東西」和「暫滿還

虧」。上下兩片也有相近的句子複沓，如「恨君不似江樓月」、「恨君卻似江樓月」。這種複沓手法，可以加強詞的抒情性和歌詠性，使這首詞更加感人。

臨江仙・夜登小閣憶洛中舊遊

陳與義

【作者】

陳與義（1090 至 1138 年），字去非，號簡齋，洛陽（今河南省洛陽市）人。宋徽宗時進士。南渡後，官至參政知事（副宰相）。

陳與義的詞清婉奇麗，而豪放處又接近蘇軾。有《簡齋集》。

【題解】

這是詞人經歷靖康之變以後，在湖州（今浙江省湖州市）青墩鎮的一所僧舍閒居養病時寫下的作品。「小閣」即僧舍中的建築物。

作者二十四歲之前在洛陽故鄉度過他的青年時期，本詞回憶了那一段

悠閒而快活的歲月，並抒寫了飽經喪亂以後的消極心情。

【詞文】

憶昔午橋❶橋上飲，坐中多是豪英。長溝❷流月去無聲。杏花疏影裏，吹笛到天明。　二十餘年成一夢❸，此身雖在堪驚！閒登小閣看新晴。古今多少事，漁唱起三更。

❶ 午橋：宋時洛陽城南著名的橋樑。該地盛產牡丹，風景優美，是唐宋以來文人名士詠唱流連之處。

❷ 長溝：午橋下的河。

❸ 「二十」句：陳與義從宋徽宗政和三年（1113年）走上宦途，屢遭貶謫。特別是汴京失陷之後，顛沛流離，歷盡劫波，二十多年來，詞人的生活道路極為坎坷。

【詞意】

憶起當年的午橋夜飲，座上盡是豪傑、精英，長長的溝水漾着月光，逝去無聲。疏落的杏花影裏，我們吹笛、歡歌，一直鬧到天明。

二十多年以來猶如一場夢幻，此身雖然倖存，箇中憂患卻教人心驚。閒登小閣，欣賞這雨後初晴。古今多少興亡事，盡付與夜半漁唱聲聲。

【賞析】

這首詞寫憶舊的悲慨之情。

詞的上片再現了二十多年前的如煙往事,「長溝流月」暗喻光陰荏苒、歲月匆匆。「杏花疏影裏,吹笛到天明」造語奇麗,描繪出一幅絕美的月夜吹笛圖。過片兩句抒寫了對宦途坎坷的感慨,對汴京失陷之後顛沛流離生活的感傷。歷盡劫波,九死一生,怎能不「此身雖在堪驚」?

下片以淡語寫悲慨,與上片以濃語寫歡樂形成極其鮮明的對照。全詞基調疏朗明快,渾成自然。

賀新郎・送胡邦衡謫新州

張元幹

【作者】

　　張元幹（1091 至 1170〔？〕年），字仲宗，自號蘆川居士，永福（今福建省永泰縣）人。宋徽宗宣和七年（1125 年）任陳留縣（今屬河南省，併入開封市）丞，宋欽宗靖康元年（1126 年），金兵南侵，張元幹為李綱幕府僚屬，協助抗金。後來李綱被罷官，他也因此獲罪。宋高宗紹興元年（1131 年），他因憤於奸佞當國，棄官而去。先後閒居二十多年，其間因作詞送李綱、胡銓，遭秦檜迫害，於紹興二十一年（1151 年）下獄被削籍。晚年漫遊江南，客死異鄉。

　　張元幹的詞早年以清新婉麗著稱，靖康之變後，詞作多以抗金救國為主題，慷慨激昂，繼承和發展了蘇軾的豪放風格。有《蘆川詞》。

【題解】

　　這首詞作於宋高宗紹興十二年（1142年），詞題裏的胡邦衡即胡銓。當時胡銓因堅決主張抗金，上書求斬主和者秦檜等人，被除名，由福州押送新州（今廣東省新興縣）編管。詞人不顧個人安危，寫了這首詞送給他，為他餞別，並因此也被除名。

　　本詞以曲折含蓄的手法，表現了對朝廷、權臣的不滿和對胡銓的同情，抒寫了作者鬱積胸中的悲憤情懷。

【詞文】

　　夢繞神州 ❶ 路。悵秋風、連營 ❷ 畫角 ❸，故宮離黍 ❹。底事 ❺ 昆侖 ❻ 傾砥柱 ❼，九地 ❽ 黃流亂注？聚萬落千村狐兔。天意 ❾ 從來高難問，況人情、老易悲難訴。更南浦 ❿、送君去！

　　涼生岸柳催殘暑。耿 ⓫ 斜河 ⓬，疏星淡月，斷雲微度 ⓭。萬里江山知何處？回首對床夜語。雁不到，書成誰與？目盡青天懷今古，肯兒曹恩怨相爾汝 ⓮！舉大白 ⓯，聽〈金縷〉 ⓰。

❶　神州：本是指中國，在南宋詞裏，多用指北方淪陷區。

❷　連營：連續不斷的軍營。

❸　畫角：有雕飾的牛角軍號。

❹　離黍：《詩經》中有〈黍離〉篇，寫一個周朝臣子路過西周故都，見故宗廟宮室已廢為農田，長滿黍子，哀傷不已。黍，音「鼠」。

❺　底事：何事。

❻ 昆侖：山名，即崑崙山，在今新疆、西藏之間，山勢高峻雄偉。

❼ 砥柱：山名，原在今河南三門峽市東北黃河中，因立於水中如石柱，故名。已炸毀。砥，音「底」。

❽ 九地：九州之地，這裏是說遍地。

❾ 天意：皇天的意志，這裏隱指皇帝宋高宗。

❿ 南浦：南邊的水濱，詩詞中泛指送別之地。

⓫ 耿：音「梗」，明亮。

⓬ 斜河：斜轉了的銀河。

⓭ 微度：緩慢地飄浮過去。

⓮ 「肯兒曹」句：怎麼肯像孩子們彼此之間專講些恩怨私情呢？（表明自己同情胡銓並非單為朋友私情。）肯，反問語氣詞，怎麼肯。兒曹，兒輩之人。爾汝，形容彼此親暱，不拘形跡。

⓯ 大白：大酒杯。

⓰ 〈金縷〉：〈賀新郎〉（即是本詞的詞牌）的別名。

【詞意】

那淪陷了的北方大地，令我夢牽魂繫。西風傳來了金人軍營的號角聲，教我心意難舒。想那故都宮殿，定必變成荒野，長滿雜草禾黍。為何崑崙、砥柱傾塌，致使黃河四處泛濫，千村萬落杳無人煙，只見狐狸野兔進出。蒼天高高在上，一向難以探詢他的旨意；況且人情淡薄，滿腹悲傷向誰傾訴。離情更難耐，如今又要送君遠去。

涼風吹拂着岸邊楊柳，把殘暑驅除。璀璨的銀河斜轉，月淡星疏，片片白雲輕飛渡。此次一別，萬里江山遙隔，未知你身去何處。昔日對床夜

語，親切情景怎堪回憶！顧念別後鴻雁也難到達，即便書信寫成，又有誰可託付？極目青天，撫今追昔，縱有千言萬語，怎肯學小兒女，為私人恩怨而叨叨絮絮。來，朋友，請舉起酒杯，聽我唱一唱這支〈金縷曲〉！

【賞析】

上片開頭四句用「夢繞神州」的境界，形象地概括北宋滅亡的史實。悵望中原，不勝故國之思，感情極為沉痛。以下以三個比喻、一個問題，影射岳飛的被害（「昆侖傾砥柱」）、金兵的猖狂進攻（「九地黃流亂注」）和淪陷地區的荒涼（「聚萬落千村狐兔」）。緊接着筆鋒一轉：「天意從來高難問，況人情、老易悲難訴。」曲折地表達了詞人對朝廷、權臣的不滿和對友人胡銓的同情。

送別，是古代詩詞中一個重要的題材，就在我們這部宋詞選集中，送別詞就佔了相當大的比例，但是那些作品大都只是抒寫朋友或情侶之間分別的痛苦，而詞人張元幹卻把國家大事、個人的政治際遇公然寫進送別詞中，使它成為時代風雲的記錄。這應該說是詞人對送別詞的發展和貢獻。

這首詞慷慨悲涼，數百年後讀它，仍可想見詞人的抑鬱磊落之氣。

滿江紅

岳飛

【作者】

　　岳飛（1103 至 1142 年），字鵬舉，相州湯陰（今河南省湯陰縣）人。世代務農，家貧。少年從軍，因戰功而由士兵升為軍官，官至河南北諸路招討使（河南、河北戰區的司令官）。因為力主北伐，反對與金人議和，為秦檜陷害，以「莫須有」的罪名秘密殺於獄中。宋孝宗時，才平反昭雪，追諡武穆；宋寧宗時，追封鄂王；宋理宗時，改諡忠武。

　　岳飛亦工詩詞，但留傳甚少，詞僅存三首，風格悲壯，意氣豪邁。

【題解】

宋高宗紹興四年（1134年）八月，岳飛因戰功升任清遠軍節度使（高級將領的虛銜）、湖北荊襄潭州制置使（湖北、湖南戰區司令），當時他三十二歲。本詞有「三十功名」語，當作於升職之後不久。

這首詞情辭慷慨，悲壯激昂，表現了詞人的英雄性格和雪恥復仇的堅定信念。陳廷焯在《白雨齋詞話》裏讚它：「何等氣概！何等志向！千載下讀之，凜凜有生氣焉。」

【詞文】

怒髮衝冠❶，憑闌處、瀟瀟❷雨歇。抬望眼，仰天長嘯，壯懷激烈。三十功名塵與土❸，八千里路雲和月❹。莫等閒、白了少年頭，空悲切。　　靖康恥❺，猶未雪。臣子恨，何時滅？駕長車❻、踏破賀蘭山❼缺❽。壯志飢餐胡虜❾肉，笑談渴飲匈奴❿血。待從頭、收拾舊山河，朝天闕⓫！

❶　怒髮衝冠：頭髮直立，頂起帽子，形容憤怒至極。

❷　瀟瀟：形容驟急的雨勢。

❸　「三十」句：自謙三十歲以來建立的功名如塵土一樣微不足道。

❹　「八千」句：描寫轉戰數千里、披星戴月的戰場艱苦生活。

❺　靖康恥：指宋欽宗靖康二年（1127年），金兵攻陷汴京，擄走徽、欽二帝的奇恥大辱。靖，音「靜」。

❻　長車：戰車。春秋時期，戰爭主要是車戰，後來逐漸被步戰、騎戰所代替。詞

裏「駕長車」云云，是沿用古典並非實指。

❼ 賀蘭山：在今寧夏回族自治區，此處借指敵境。

❽ 缺：與「踏破」的「破」二字同義反覆，意思同「破」。

❾ 胡虜：對金兵的蔑稱。

❿ 匈奴：對金兵的蔑稱。

⓫ 朝天闕：朝見皇帝。闕，音「決」，城樓，後多用指都城，即皇帝居住之地。

【詞意】

怒髮衝冠，樓欄獨倚，正當驟雨停歇。抬頭遠望，仰天長嘯，壯懷何等熾熱！三十年建功立業，微不足道；八千里轉戰沙場，披星戴月。年華莫虛度，讓頭上平添白髮，這才徒然悲切。

靖康恥，未洗雪；臣子恨，何時滅？啊，要駕戰車踏破賀蘭山，直搗敵人巢穴。恨不得要吃胡虜的肉，要喝胡虜的血！等待從頭收拾舊山河，再向天子奏捷！

【賞析】

這首詞上片抒發國恥未雪的憾恨，下片表現詞人對「還我河山」的決心和信心。

開篇首句猶如平地驚雷的「怒髮衝冠」，一個「怒」字貫穿始終，成為振起全篇的主旋律。

從「怒髮衝冠」到「壯懷激烈」，幾句一氣貫注，彷彿電影中一組複

疊的特寫鏡頭，揭示詞人洶湧澎湃的心潮，描繪出一位憂憤國事、痛恨敵寇的英雄形象。「莫等閒」二句是千古至理名言，是詞人的自勉之詞，也是對抗金軍民的鼓舞和鞭策。

　　詞的下片更是情辭慷慨，悲壯激昂。全詞直抒胸臆，表現了詞人抗金救國的堅定意志和必勝信念，洋溢着愛國主義的激情，幾百年來在民眾中廣為傳誦，有很深遠的社會影響。

蝶戀花‧送春

朱淑真

【作者】

　　朱淑真，南宋女詞人，生卒年不詳。錢塘（今浙江省杭州市）人。據說她的丈夫是個庸俗的市儈，婚後生活十分痛苦，終於抑鬱而卒。

　　朱淑真擅長繪畫，精通音律，詩詞多感傷、幽怨之作。語淡情濃，風格婉麗。有《斷腸詞》傳世。

【題解】

　　這是一首惜春的詞，抒寫了作者對人生短促、青春易逝的深沉感慨。

【詞文】

　　樓外垂楊千萬縷，欲繫青春，少住春還去 ❶。猶自風前飄柳絮，隨春且看歸何處？　　綠滿山川聞杜宇 ❷，便做 ❸ 無情，莫也 ❹ 愁人意。把酒送春春不語，黃昏卻下瀟瀟 ❺ 雨。

❶　「欲繫」二句：照詞意，應標點為「欲繫青春少住，春還去」。青春，指春季，因春季草木一片青蔥，故稱「青春」。

❷　杜宇：杜鵑鳥的別稱，常在春天的夜裏哀啼。

❸　便做：即使。

❹　莫也：豈不也。

❺　瀟瀟：形容驟急的雨勢。

【詞意】

　　樓外楊柳低垂，柳絲千縷萬縷，殷殷挽留春天稍停步履，可是春天仍然匆匆離去。多情的柳絮猶自風中飛舞，跟隨春天，想要看她歸向何處。

　　待到暮春，綠滿山川，杜鵑聲聲悲啼，縱是無情人，也要惹起滿懷愁緒。啊，且舉起酒杯，送春歸去。春不語，卻在黃昏下起了瀟瀟驟雨。

【賞析】

　　這首惜春的詞，上片通過柳絲「欲繫青春」和柳絮「隨春且看歸何處」

兩個擬人化的細節，寄寓了詞人對春天眷戀的心意。

下片抒寫傷春的感情。首句七字簡潔而準確地描寫出暮春景色的特徵，再由杜鵑悲啼引發出女主人公內心的傷春愁緒，最後舉酒送春，春天「不語」而「雨」。這雨，與其說是自然界的雨滴，毋寧說是詞人感傷青春易逝、身世淒涼的淚水。

全詞意境清幽，文筆委婉、細膩，擬人化手法的運用也非常出色。

釵頭鳳

陸游

【作者】

　　陸游（1125 至 1210 年），字務觀，自號放翁，越州山陰（今浙江省紹興市）人。早年考進士，成績優異，在秦檜之孫秦塤之上，因此遭到秦檜的嫉恨，竟被除名。秦檜死後，才被起用。在宋高宗、孝宗、光宗、寧宗四朝都做過官，由於他堅持抗金主張，所以多次被罷官，又重新得到起用。官至秘書監。

　　陸游是南宋最傑出的詩人，詞的成就遠遠不能與詩相提並論。他的詞風格變化多樣，多圓潤清逸，亦不乏憂國傷時，慷慨悲壯之作。有《渭南詞》。

【題解】

　　據周密的《齊東野語》等書記載，這首詞是陸游三十一歲時寫的。

　　陸游初娶表妹唐婉，夫妻感情很好，但因陸母不喜兒媳，令陸游休妻另娶，夫妻被迫分離。唐婉也改嫁趙士程。十多年後，陸游春日出遊，在紹興禹跡寺南的沈園與唐婉意外相遇。唐婉以酒餚殷勤款待陸游。陸游感傷不已，在沈園壁上寫了這首〈釵頭鳳〉。相傳唐婉亦和了一首，不久便抑鬱而死。

　　陸游在這首詞裏深沉地抒寫了難圓舊夢的痛苦和悲憤。

【詞文】

　　紅酥❶手，黃滕酒❷，滿城春色宮牆柳。東風惡，歡情薄。一懷愁緒，幾年離索❸。錯！錯！錯！　　春如舊，人空瘦，淚痕紅❹浥❺鮫綃❻透。桃花落，閒池閣。山盟❼雖在，錦書❽難託。莫！莫！莫！

❶　紅酥：白裏透紅。酥，酥油，形容皮膚白潤。

❷　黃滕酒：《耆舊續聞》說是黃封酒。黃封，是一種官酒。滕，音「騰」。

❸　離索：離散，分居。索，散的意思。

❹　紅：這裏指臉上的胭脂。

❺　浥：音「邑」，沾濕。

❻　鮫綃：音「交消」，神話中鮫人（海底居民）所織的紗絹。

❼　山盟：指盟誓訂約。古人盟誓訂約時多指着山河為證。

【詞意】

你那紅潤柔膩的玉手，殷勤為我斟上黃滕美酒。滿城春色一片，宮牆深深鎖着楊柳。可歎東風脅迫，你我歡情竟如此短暫微薄。幾年離散，徒然留下滿腔悲愁落寞。唉，錯，錯，錯！

春光雖然依舊，人兒卻已消瘦。看她淚水和着胭脂流，濕透了手絹，心如刀割。桃花凋謝，沈園的池閣也已淒清冷落。當日的海誓山盟仍記心坎，可是書信難託。罷，別說，別說，別再說！

【賞析】

詞的上片頭三句，寫兩人久別重逢，唐婉殷勤款待的情景。「滿城春色」點明相逢的時節，「宮牆柳」則隱喻唐婉如今改嫁他人，已如深鎖宮牆之內的楊柳。「東風惡，歡情薄」明白無誤地表示了對破壞美滿姻緣的封建家長的強烈憤懣。

詞的下片着重寫唐婉憔悴、流淚、悲傷至極的形象，作者的憐惜之情，溢於言表。

這首詞很少用動詞，而多用極富感情色彩的形容詞，與名詞構成詞組作句子，高度濃縮，表現力強，又精練雋永，詞味醇濃。上下兩片的結句都用三個疊字疊韻，斷續哽咽，催人淚下。

卜算子・詠梅

陸游

【作者】

見第 171 頁。

【題解】

這是一篇典型的託物言志的詞章，是宋代寫梅花詞中最突出、最為人們傳誦的一首。

陸游的一生，宦途坎坷多舛。早年科場赴考，為秦檜所嫉；壯年從戎，亦不得志；晚年力主北伐，卻因韓侂冑北伐兵敗，又遭誣陷，被迫退隱。詞中梅花的境遇，正是陸游身世的縮影。

本詞藉梅花的遭遇和品格來抒發自己壯志難酬的苦悶和屢遭挫折、打擊之後依然熾烈的愛國情懷。

【詞文】

　　驛 ❶ 外斷橋邊，寂寞開無主。已是黃昏獨自愁，更着 ❷ 風和雨。　　無意苦爭春，一任群芳 ❸ 妒。零落成泥碾 ❹ 作塵，只有香如故。

❶　驛：音「亦」，古代官辦的交通站。
❷　着：遭受，承受。
❸　群芳：群花。詞裏用以比喻朝廷中的小人。
❹　碾：壓碎。

【詞意】

　　驛站外，斷橋邊，梅花寂寞開放，無人欣賞，無人守護。到了黃昏，已是獨自悲愁難捱，更遭風雨欺辱！

　　無意苦苦爭奪春光，任由百花猜妒。即便花瓣打落在地，碾作塵泥，梅亦依然清香如故！

【賞析】

　　這首詞上片寫梅的遭遇：荒寒的郊外，杳無人跡，一樹梅花無人照管，無人欣賞，本已寂寞淒涼，偏又遭到風雨的襲擊。「更着」二字，力量千鈞，冷峻、艱難的處境，融注其間。梅花的遭遇正是作者屢遭迫害、飽受打擊的寫照。

　　下片借詠梅花無意爭春、俯視群芳的標格，表現了詞人堅貞自守、不畏讒毀的高尚情操。煞拍二句「零落成泥碾作塵，只有香如故」，把梅花的孤標高格又推進一層，表明了詞人不改初衷，雖九死而不悔的愛國情懷。

　　整首詞沒有出現「梅」字，卻處處切定梅花的特徵、透出梅花的精神，又能把個人情懷自然融注其間，這正是託物言志詩所追求的最高境界。

夜遊宮·記夢寄師伯渾

陸游

【作者】

見第 171 頁。

【題解】

　　宋孝宗乾道九年（1173 年）夏天，陸游從成都前往嘉州任代理知州，途經三蘇故里眉山時，結識了西蜀名士師伯渾。兩人志趣相投，一席晤談遂為莫逆之交。同年晚秋，師伯渾來嘉州看望陸游，相從十多天才離去。別後陸游寫了這首記夢的詞寄給他，向友人表達了「烈士暮年，壯心未已」的情懷。

【詞文】

雪曉清笳 ❶ 亂起，夢遊處、不知何地。鐵騎 ❷ 無聲望似水。想關河，雁門西，青海際 ❸ 。　睡覺 ❹ 寒燈裏，漏聲斷 ❺ 、月斜窗紙。自許封侯在萬里 ❻ 。有誰知，鬢雖殘，心未死。

❶　笳：音「嘉」，胡笳，軍中用的樂器。

❷　鐵騎：披甲的騎兵。騎，音「技」。

❸　「雁門」二句：雁門，關名，在山西代縣西北。青海，湖名，在青海省。這兩處都是古代西北邊防重地。

❹　睡覺：睡醒。

❺　漏聲斷：漏壺裏水滴光了，指夜深。漏壺，古時用水計時的器具。

❻　封侯在萬里：在萬里之外（如邊疆、異域）立功封侯。

【詞意】

夢境依稀，也不知是到了何地。只知是個雪天拂曉，清越的笳聲四起。遠遠見到一大隊騎兵銜枚疾馳，像是一道無聲的鐵流，奔騰而去。夢境中的這些關塞河流，想來應是雁門關西，或是青海湖一帶的邊防重地。

夢中醒來，只見一熒孤燈透着寒意；銅壺已不再滴水，深夜的殘月斜照着窗紙。回想年輕時候，曾經立下封侯萬里的凌霄壯志，啊，有誰知道：如今雖已雙鬢衰殘，老大無成，但是我的雄心未死！

【賞析】

詞的上片寫夢境，一開頭便描繪出一幅有聲有色的塞外踏雪出征圖，「鐵騎無聲望似水」七個字，寫出了軍容整齊嚴肅，遠遠望去如一條無聲的河流，形象性很強。「想關河」三句回應前面的「夢遊處、不知何地」，反覆渲染夢境的迷離惝恍。

下片寫夢醒後的感觸。寒燈熒熒，斜月映窗，漏壺聲斷，死寂、淒清的環境描寫，全都是為了反襯作者報國雄心的火焰仍在熊熊燃燒。

全詞虛實並舉，上下片對比鮮明，深刻地反映了現實與理想的矛盾，也流露出詞人報國無門、壯志難酬的苦悶與感慨。

卜算子

嚴蕊

【作者】

嚴蕊，字幼芳，南宋初年天台（今屬浙江省台州市）營妓（軍營中的妓女）。極有才華，詩書琴畫都很出色，周密《癸辛雜識》中說她「頗通古今」、「色藝冠一時」。今傳詞三首。

【題解】

作者嚴蕊是南宋初年天台營妓，以貌美藝精而受當地官員喜愛。天台知州唐仲友宴請別的官員時，常請嚴蕊歌舞助興。唐仲友平素鄙薄朱熹提倡的理學，宋孝宗後期，朱熹擔任浙東提舉（近似省級政府負責經濟部門

的官吏），藉巡視天台，趁機報復，指斥唐仲友和營妓嚴蕊關係不正常，有傷風化，便把嚴蕊逮捕入獄，嚴刑酷打，逼嚴蕊誣唐，「兩月之間，一再杖，幾死」。但是嚴蕊寧死不肯誣陷唐仲友。

不久，朱熹改官，岳霖繼任。岳霖同情她的遭遇，提審之時命她作詞自陳，嚴蕊「略不構思」，當場寫下這首〈卜算子〉，岳霖看了，大為感歎，當日即判嚴蕊從良。

【詞文】

不是愛風塵❶，似被前緣❷誤。花開花落自有時，總賴東君❸主。　　去也終須去，住也如何住！若得山花插滿頭❹，莫問奴歸處。

❶ 風塵：古代稱做妓女為「淪落風塵」。

❷ 前緣：前世的因緣，等於說命裏注定了的。

❸ 東君：司春之神，這裏借指地方官（他們掌握着妓女的命運）。

❹ 山花插滿頭：比喻過自由自在的鄉間生活。

【詞意】

並非喜愛風塵生涯，似是被前世宿緣所誤。花開花落自有時，全靠東君作主。

讓我離開這裏吧！這可怕的牢獄如何能住？倘若有日能夠山花插滿

頭，請莫追問奴家歸宿處。

【賞析】

嚴蕊這首詞，實為飽含血淚、真切感人的佳作。詞的成功之處是得體，即無論敘事、表態、言語都十分恰當。上片表達手法含蓄，比喻貼切高明；下片最後兩句以富浪漫色彩的筆調寫出了這個飽受侮辱、蹂躪的女性對自由的無限嚮往，對重拾人的尊嚴的渴望。

整首詞寫得不卑不亢，有理有節，表達又富文采。岳霖看了之後欣然把她釋放，足見這首詞富有強烈的感染力。

六州歌頭

張孝祥

【作者】

　　張孝祥（1132 至 1169 年），字安國，號于湖居士，歷陽烏江（今安徽省和縣）人。宋高宗紹興二十四年（1154 年）考取進士第一（即中狀元），年方二十二。歷任中書舍人（審閱公事、草擬有關詔令的官吏）、直學士院（在翰林學士院裏值班，替皇帝草擬詔令）。在建康（今南京市）留守任內，極力幫助張浚北伐而被免職。後來擔任荊南荊湖北路（今湖北西南部和湖南北部一帶）安撫使（掌管一路軍政民政的長官），頗有政績。宋孝宗乾道五年（1169 年）因病辭官，退居蕪湖，葬於建康。

　　張孝祥的詞早年多清麗婉約之作，南渡後轉為慷慨悲涼，多抒發愛國情懷，激昂奔放，風格接近蘇軾。有《于湖詞》。

【題解】

自從宋高宗紹興十一年（1141 年）與金人簽訂第二次「紹興和議」之後，南宋王朝已經接受了金人佔領中原的既成事實，向金人俯首稱臣，歲貢大批銀、絹以換取苟安。

宋孝宗即位初，力圖改變這種屈辱的情況，起用抗戰派大臣張浚，於隆興元年（1163 年）興師北伐。由於準備不足，結果失敗，朝廷裏的主和派重新得勢，又開始派遣使臣與金人談判，醞釀新的「和議」。詞人對此感慨萬分，在一次宴會上寫下了這首悲壯的詞篇。據宋無名氏《朝野遺記》記載，當時在場的都督江淮兵馬張浚讀後十分感動，悲憤之情不能自已，「罷席而入」（中途退席，走入內間）。

【詞文】

長淮 ❶ 望斷，關塞莽然平 ❷。征塵暗，霜風勁，悄邊聲。黯 ❸ 銷凝 ❹！追想當年事 ❺，殆 ❻ 天數，非人力。洙泗上 ❼，弦歌 ❽ 地，亦羶腥 ❾。隔水氈鄉 ❿，落日牛羊下，區脫 ⓫ 縱橫。看名王 ⓬ 宵獵 ⓭，騎火 ⓮ 一川明 ⓯，笳鼓 ⓰ 悲鳴，遣人驚 ⓱。　　念腰間箭，匣中劍，空埃蠹 ⓲，竟何成！時易失，心徒壯，歲將零 ⓳，渺神京 ⓴。干羽 ㉑ 方懷遠 ㉒，靜烽燧，且休兵。冠蓋使 ㉓，紛馳騖 ㉔，若為情 ㉕？聞道中原遺老，常南望、翠葆霓旌 ㉖。使行人到此，忠憤氣填膺，有淚如傾。

❶ 長淮：即是淮河，南宋的前線。

❷ 關塞莽然平：茂密的草木長得和關塞一樣高了。這裏指南宋朝廷撤掉兩淮邊備而言。

❸ 黯：音「庵」（高上聲），形容人的神情悲哀暗淡。

❹ 銷凝：銷魂、凝魂的簡縮詞，形容默默神傷。

❺ 當年事：指靖康年間金人南侵，宋徽宗、欽宗二帝被擄，北宋覆亡之事。

❻ 殆：音「代」，大概是，恐怕是。

❼ 洙泗上：洙水和泗水流經之處，指山東曲阜，孔子當年在這裏聚徒講學。

❽ 弦歌：彈琴、唱歌。古人講學時一邊彈琴，一邊吟誦。

❾ 羶腥：羊臊氣味。金人本是遊牧民族，以羊肉為主食，身上有一股羊臊氣味。羶，音「煎」。

❿ 隔水氈鄉：指淮河以北金人居住的羊毛氈製的帳篷。

⓫ 區脫：匈奴語，偵察、警戒用的土室，這裏指金兵的哨所。區，音「歐」。

⓬ 名王：指金兵的將帥。

⓭ 宵獵：夜間出獵，帶有軍事演習和炫耀軍威的意味。

⓮ 騎火：騎兵隊伍中的火把。騎，音「技」。

⓯ 一川明：照亮了整片的原野。

⓰ 笳鼓：胡笳和鼙鼓，指金人的軍樂。笳，音「嘉」。

⓱ 遣人驚：使人驚。

⓲ 埃蠹：塵封和蟲蛀，形容長久擱置不用。蠹，音「到」。

⓳ 歲將零：年歲將暮。

⓴ 渺神京：離開故都東京（汴京）還很遠。

㉑ 干羽：古代舞者手執的道具。干，盾牌。羽，野雞的長尾。

㉒ 懷遠：原意是安撫邊遠地區的民族，這裏指向金人屈辱求和。

㉓ 冠蓋使：戴着官帽，乘坐馬車的外交使臣。

㉔ 馳騖：奔走忙碌。

㉕　若為情：何以為情。

㉖　翠葆霓旌：泛指皇帝使用的儀仗。翠葆，以翠鳥羽毛裝飾的車蓋。霓旌，繪有霓虹圖案的旗幟。旌，音「晶」。

【詞意】

極目眺望淮河前線，關塞平毀，只見一片草色樹影。飛塵蔽日，秋風疾勁，邊地上悄然無聲，看了令人黯然傷情。回想當年中原淪陷，也許那是上天注定，並非單憑人力達成。那著名的洙泗地區，原是詩歌禮樂之鄉，如今卻瀰漫着金人的羶腥。隔着淮河，對岸到處是敵軍的氈帳，太陽落坡，牛羊下山，金軍的哨所棋佈星羅。看，他們的將領夜間出獵，騎兵的火把將淮河邊上的原野，照得一片通明，胡笳聲，鼙鼓聲，聲聲悲鳴，教人心驚！

想那懸在腰間的利箭，放在匣中的寶劍，白白地塵封、蟲蛀，自歎一事無成。時光最易流逝，胸中空懷報國壯志，可是轉眼已到暮年。山川渺遠，何處是汴京！朝廷想以歌舞安撫金人，熄滅了報警的烽燧，前線也暫罷了刀兵，那些冠蓋煊赫的外交使臣，交相奔馳。如此屈辱，教人何以為情？聽說中原父老，常常翹首南望，期待着皇上御駕北征。看到那種動心的情景，有誰不會滿胸義憤，淚如雨傾？

【賞析】

這是南宋著名的愛國詞篇。

上片寫江淮前線宋金對峙的嚴峻態勢。遠眺江淮前線已無關塞，邊備鬆弛，陣地上空虛冷落的景象令人黯然神傷。淮河以北，現在已是金國了，本來的中原文化弦歌之地，帳幕遍野，一片羶腥。

　　下片「干羽方懷遠」以下，以中原父老翹首盼望王師北伐的急切心情，與冠蓋馳騖、獻媚求和的熱鬧場面相對比，對朝廷屈辱事敵、置淪陷區百姓於不顧表示了強烈的憤慨。

　　這首詞用「直陳其事」的筆法，多層次、多角度地展示那個時代的具有代表性的歷史畫面，抒發出了民眾的心聲。在藝術表現上，又大量運用三言短句，語氣急促、激昂，頓挫有力，一氣呵成，淋漓痛快。

念奴嬌・過洞庭

張孝祥

【作者】

見第 183 頁。

【題解】

宋孝宗乾道元年（1165 年），詞人出知靜江府（今廣西桂林一帶）並兼廣南西南安撫使（掌管軍政和民政的長官），在任時很有政績。次年因被政敵陷害而罷官，在北歸途中路經洞庭湖，時近中秋。詞人月夜遊湖即景生情，作此詞以記遊述志。

詞中用「表裏俱澄澈」、「肝膽皆冰雪」來比喻自己高潔、忠貞的氣

節，以挹江斟斗、賓客萬象的豪邁氣概，表示對小人讒害的輕蔑。

【詞文】

　　洞庭青草❶，近中秋、更無一點風色❷。玉鑑❸瓊田❹三萬頃，着❺我扁舟❻一葉。素月分輝，明河❼共影，表裏❽俱澄澈。悠然心會，妙處難與君說。　　應念嶺海經年❾，孤光自照，肝膽皆冰雪。短髮蕭疏襟袖冷，穩泛滄溟❿空闊。盡把⓫西江⓬，細斟北斗⓭，萬象為賓客。扣舷⓮獨嘯，不知今夕何夕⓯！

❶　青草：湖名，和洞庭湖相通，總稱洞庭湖。

❷　風色：風的跡象，如樹枝搖動、水波蕩漾之類。

❸　玉鑑：玉製的鏡，月亮的雅稱。

❹　瓊田：玉製的田，指大雪覆蓋的田園。

❺　着：安置。這裏作點綴解釋。

❻　扁舟：小船。扁，音「偏」。

❼　明河：銀河。

❽　表裏：表指天空，裏指湖水。

❾　嶺海經年：指詞人在任廣南西南安撫使的事。嶺海，泛指五嶺與南海之間一帶。

❿　滄溟：形容湖面蒼茫渺遠，如同大海。溟，音「明」。

⓫　挹：音「泣」，舀取。

⓬　西江：指長江。長江自西而來，與洞庭湖相會於湖南岳陽。

⓭　細斟北斗：把北斗當作酒器舀酒來喝。北斗七星形狀像是一把長柄的勺。

⓮　舷：音「言」，船的左右兩側。

⓯　「不知」句：對美好夜晚的讚歎語。語出《詩經·唐風·綢繆》：「今夕何夕，見此良人！」

【詞意】

時近中秋，洞庭湖上沒有一絲風的行跡。萬頃湖面，晶瑩得如同天上的圓月和大雪覆蓋的田野，輕蕩着我這扁舟一葉。皎潔的月光銀輝灑落，洞庭湖面出現了銀河倒影；夜空與湖水，上下一片空明澄澈。我悠然領略着這湖光水色，箇中妙處，難以向你述說。

忘不了在嶺南這一年的官場生涯，異鄉獨處，唯有明月照我，令我肝膽冰雪般高潔。如今，儘管我短髮稀疏，單薄的衣衫已感受到秋夜的涼意，我仍穩坐扁舟泛湖，欣賞它的空濛遼闊。我要舀盡西江流水釀成美酒，用天上的北斗當勺，細細斟滿酒杯，邀請天下萬物來作我的賓客。我敲擊着船舷，放聲長嘯。啊，今夜呀，是一個多麼美好的月夜！

【賞析】

這首詞的上片着力描寫月夜洞庭的美景，下片抒寫詞人曠達的情懷，兩片互為表裏，交相映襯。詞人筆下的洞庭美景與泛舟湖上的詞人，已融為一個形象 ——「表裏俱澄澈」、「肝膽皆冰雪」。

下片的「盡挹西江」三句想像豐富、浪漫，意境闊大，不同凡響，表

現了詞人豪邁、達觀的氣概。煞拍以「扣舷獨嘯，不知今夕何夕」作結，收得輕鬆，很有餘味。從那麼博大的形象收攏來，又回到開頭「近中秋」所點出的時間上來。首尾呼應，結束了全詞。

西江月·題溧陽三塔寺

張孝祥

【作者】

見第 183 頁。

【題解】

　　這首詞大約作於宋高宗紹興三十二年（1162 年）春。當時詞人從建康（今南京市）回安徽宣城，途經江蘇溧陽，遊覽了三塔湖和湖邊的三塔寺。

　　這首詞通過遊湖登亭的所見所感，抒發了對世事塵俗的厭惡和置身大自然的舒適、恬靜和愉快，隱約透露出詞人對置身山水隱居生活的嚮往。

【詞文】

　　問訊 ❶ 湖邊春色，重來又是三年。東風吹我過湖船，楊柳絲絲拂面。　　世路如今已慣 ❷，此心到處悠然。寒光亭 ❸ 下水連天，飛起沙鷗一片。

❶ 問訊：尋訪。

❷ 「世路」句：指詞人經歷的世事。三年前，詞人在臨安兼權中書舍人，後為汪澈劾罷；不久知撫州（今江西省撫州市），一年後又罷歸。這樣，前後三年之內兩次罷官。宦海風波，已磨去他那「年少氣銳」的棱角，令他心灰意冷。

❸ 寒光亭：亭名。在今江蘇省溧陽市西三塔寺。

【詞意】

　　尋訪三塔湖，欣賞它美麗的湖邊春色；今次故地重遊，不覺已隔三年。東風習習，把我的遊船吹送到湖的對岸，岸邊垂柳依依，輕輕拂面。

　　世路艱辛，如今經多見慣；順境逆境，此心早已泰然。你看，那寒光亭下，萬頃碧水連天，一群沙鷗從湖上飛起，何等自得、悠閒！

【賞析】

　　詞的上片寫景，借景抒情。「東風」兩句寫得極有情致，一個「吹」字、一個「拂」字，寫得東風和楊柳都像是善解人意的有情物。這個充滿

詩情畫意的美景，反映了詞人在飽經仕途坎坷，「此心到處悠然」的一種淡泊、灑脫的心態。

　　詞的下片抒情。「世路」二句內涵極為豐富，背後自然蘊含着詞人許多不足為外人道的辛酸和痛苦，但是詞人看通了，看透了。煞拍二句語淡意遠，隱晦含蓄地表現了詞人對濁世的厭惡和希冀置身山水曠達超脫的心態。

水龍吟‧登建康賞心亭

賞心亭

辛棄疾

【作者】

辛棄疾（1140至1207年），字幼安，號稼軒，宋高宗紹興十年，誕生在被金人佔領的歷城（今山東省濟南市）。

二十一歲時在家鄉聚義抗金。不久渡江歸南宋，授江陰簽判，其後任建康（今南京市）通判，歷任湖北、江西、湖南、福建、浙江安撫使等職。辛棄疾一生堅決主張抗金，屢次遭到朝廷主和派的猜忌，曾長期落職，閒居在江西上饒帶湖之畔。最後懷着恢復中原的宏願抑鬱去世，臨終時還高呼：「殺賊！殺賊！」

辛棄疾的詞氣勢豪邁，風格豪放，是宋代詞壇豪放派的代表人物之一。他詞中強烈的愛國熱情以及多種多樣的表現手法對後世影響極大。著有《稼軒長短句》。

【 題解 】

　　〈水龍吟〉是辛棄疾一首著名的詞作。

　　宋孝宗乾道五年（1169 年），辛棄疾南歸已經六年，但是他還只是擔任建康通判（州府行政長官的助理）這麼一個小官。任職期間，他登上了六朝故都建康城西的賞心亭，遠眺北方淪陷了的河山，愁情滿懷，於是寫下這首詞，曲折地抒寫了他報國無門和英雄失意的深切苦痛。

【 詞文 】

　　楚天 ❶ 千里清秋，水隨天去秋無際。遙岑 ❷ 遠目，獻愁供恨，玉簪螺髻 ❸。落日樓頭，斷鴻 ❹ 聲裏，江南遊子 ❺。把吳鈎 ❻ 看了，闌干拍遍，無人會，登臨意。　　休說鱸魚堪膾 ❼，儘西風，季鷹 ❽ 歸未？求田問舍 ❾，怕應羞見，劉郎 ❿ 才氣。可惜流年，憂愁風雨，樹猶如此 ⓫。倩 ⓬ 何人、喚取紅巾翠袖 ⓭，搵 ⓮ 英雄淚！

❶ 楚天：古代楚國的地方，這裏指廣闊長江中下游地方的天空。

❷ 遙岑：遠山，指長江以北淪陷區的山（所以說它「獻愁供恨」）。

❸ 玉簪螺髻：形容遠山很像美人插戴的玉簪和螺旋形的髮髻。

❹ 斷鴻：失群的孤雁。

❺ 江南遊子：詞人自稱（當時客居江南一帶）。

❻ 吳鈎：寶刀名。

❼ 膾：音「繪」，同「膾」，把魚肉切細。

⓼　季鷹：晉朝張翰字季鷹，曾在洛陽為官，見秋風起，想起家鄉美味的鱸魚，便辭官回鄉。

⓽　求田問舍：想為自己購置田地、房舍。《三國志‧陳登傳》記載，許汜曾向劉備訴說自己受到陳登（字元龍）的慢待。劉備聽後，認為許汜只顧「求田問舍」而不關心國家的命運，活該受到慢待。

⓾　劉郎：指劉備。

⓫　樹猶如此：《世說新語‧言語》記載，晉朝桓溫將軍北征，過金城，見舊時任琅琊令時種的柳樹皆已十圍，感慨年華飛逝，歎息說：「木猶如此，人何以堪！」

⓬　倩：音「線」，請。

⓭　紅巾翠袖：少女的裝束，這裏指歌女。

⓮　搵：音「蘊」，揩拭。

【詞意】

　　千里江南，晴空充滿清爽秋意；江水流向長天，映照着秋色無際。放目北國遠山，似玉簪、似螺髻，喚起國恨家仇難平抑。看城樓夕照，聽孤雁悲鳴，我這個江南遊子，細細撫看腰間寶刀，悲憤地拍遍城樓的欄杆。有誰理解我此刻登樓心意。

　　且莫誇說秋天的鱸魚肥美，雖然眼下西風勁吹，我卻無意仿效晉人張翰，辭官返回故里。我也不想學那三國許汜，整日只顧置房買地；怕的是將來見到劉備那樣的英雄人物，內心會感羞愧。可惜歲月如流，徒然擔憂國事風雨，不禁興古人桓溫之歎：「樹猶如此！」啊，請誰去喚舞榭歌女，為我揩拭英雄淚！

【賞析】

這首詞採用寓情於景和以古喻今的藝術表現手法。

上片選取清秋、落日、斷鴻等冷調景物,渲染出一個悲涼的藝術氛圍。「愁」和「恨」作為全篇的意脈,貫徹始終,表達了作者憂時傷世、壯志難伸的悲憤之情。

下片借用三個典故(秋鱸堪膾、求田問舍、樹猶如此),藉着對四位歷史人物(張翰、劉備、許汜和桓溫)的褒貶,使得上片抒寫的悲憤之情更加深沉,更加有力。用典雖多,但選擇精當,剪裁巧妙,切合自身的實感。

菩薩蠻・書江西造口壁

辛棄疾

【作者】

見第 195 頁。

【題解】

本詞是詞人任江西提點刑獄時在造口寫的懷古詞，從追懷往事寫到現實，抒發了詞人抑鬱不舒的苦悶。

造口，亦稱皂口，在今江西省萬安縣西南。宋高宗趙構建炎三年（1129 年），金兵追隆祐太后（宋高宗的伯母）的御舟到造口，沒有追上，一路搶掠殺戮，情況極慘。

【詞文】

鬱孤台 ❶ 下清江 ❷ 水，中間多少行人 ❸ 淚！西北望長安 ❹，可憐無數山。　　青山遮不住，畢竟東流去。江晚正愁余 ❺，山深聞鷓鴣 ❻。

❶ 鬱孤台：在今江西省贛州市北部，贛江北流經過台下。

❷ 清江：這裏指贛江。

❸ 行人：這裏指四十年前金兵追趕隆祐太后時受害的百姓。

❹ 長安：唐代京城，在南宋詩詞裏常借指北宋的京城汴京。

❺ 愁余：使我發愁。

❻ 鷓鴣：鷓鴣鳥的叫聲悲切，好像在說：「行不得也哥哥。」

【詞意】

鬱孤台下的江水啊，流淌着多少百姓的血淚！舉目眺望西北故都，可歎隔着青山無數。

青山啊，你能擋住我遠眺的望眼，卻擋不住大江向東奔騰而去。江邊的暮色已夠使我發愁，更何況深山裏傳來了聲聲鷓鴣！

【賞析】

清代詞論家周濟在評說這首詞時說，它的寫作脈絡是「借水怨山」，

這四個字下得十分準確。

詞人筆下的「水」，衝破重重障礙，一往無前地奔向大海，它是百折不撓的抗戰派力量的象徵。而詞人筆下的「山」，則象徵着抗戰派面臨的內外阻力。

「青山遮不住，畢竟東流去」兩句詞調樂觀、激越，但是詞的結尾仍舊回到北伐之事難以實行的現實中來。詞情又歸於蒼涼。

一首小令竟能一波三折（抑—揚—抑），跌宕如此，亦足見詞人尺水興瀾的藝術功力。

青玉案・元夕

辛棄疾

【作者】

見第 195 頁。

【題解】

這首詞是辛棄疾閒居上饒時所作。

詞中描繪了一個意中人的形象,藉以自況。

元夕,民間節日。陰曆正月十五叫作上元,上元的夜晚叫元夕、元宵或元夜。唐代起便有了元夕觀燈的風俗,也叫燈節。

【詞文】

　　東風夜放花千樹❶，更吹落、星如雨❷。寶馬雕車❸香滿路。鳳簫❹聲動，玉壺❺光轉，一夜魚龍❻舞。　　蛾兒雪柳黃金縷❼，笑語盈盈❽暗香❾去。眾裏尋他千百度，驀然❿回首，那人卻在，燈火闌珊⓫處。

❶　花千樹：比喻滿城到處一簇簇彩燈。

❷　星如雨：比喻繽紛的焰火自天而降。

❸　寶馬雕車：裝飾華美的車馬。

❹　鳳簫：簫的美稱。

❺　玉壺：喻指明月。

❻　魚龍：指魚形、龍形的燈。

❼　蛾兒、雪柳、黃金縷：都是元宵節婦女的頭飾。

❽　盈盈：笑語時含情的態度。

❾　暗香：幽幽的香味。

❿　驀然：忽然。驀，音「默」。

⓫　闌珊：形容零落、稀疏。

【詞意】

　　元宵的夜晚，一城的彩燈像是春風吹開百花，掛滿千枝萬樹；更吹得滿天焰火，落如流星雨。富貴人家的千金乘着寶馬雕車，香飄一路。簫聲悠揚，月光流轉，徹夜魚龍燈舞。

觀燈的女子頭戴蛾兒、雪柳、黃金縷的美麗首飾，笑語盈盈，帶着一身幽香向街頭走去。我在她們當中尋她千百次，料不到驀然回首，卻見她站在燈火冷落的街角處！

【賞析】

　　這篇詞先着力渲染元宵節夜晚火樹銀花、車水馬龍的狂歡情景，最後筆鋒一轉，千百度尋覓不見蹤影的意中人卻在驀然回首的瞬間出現在「燈火闌珊處」。

　　全篇採用反襯手法，以元夕喧鬧、狂歡的場景反襯出這位意中人孤標脫俗的形象，藉以表白詞人寧願投閒置散也不肯與滿朝文恬武嬉的官僚同流合污的高潔情懷。

　　結尾三句奇譎突兀，又是點題之筆。

辛棄疾

【作者】

見第 195 頁。

【題解】

陳亮（字同甫）是詞人的好友，也是一位畢生為抗金大業而奔走吶喊的愛國志士。作者在鵝湖閒居期間，寫了這首以「北伐」為題材的「壯詞」寄贈給他。

詞人一生堅決主張抗金，矢志收復中原，因而屢遭朝廷主和派的排斥和打擊。本詞表達了作者報國有心、請纓無門的強烈憤慨。

【詞文】

　　醉裏挑燈看劍，夢回吹角連營❶。八百里❷分麾下❸炙❹，五十弦❺翻❻塞外聲❼。沙場秋點兵❽。　　馬作❾的盧❿飛快，弓如霹靂⓫弦驚。了卻君王天下事⓬，贏得生前身後名──可憐⓭白髮生！

❶　吹角連營：一座連接一座的軍營中，響起了號角聲。

❷　八百里：指牛。典故出自《世說新語‧汰侈》，晉人王愷有一頭愛牛，名叫「八百里駁」，有一次他與王濟賭射箭，把牠輸給了對手，王濟竟當場殺了那頭牛，把牠的心烤來吃。

❸　麾下：部下。麾，音「揮」，用以指揮軍隊的旗幟。

❹　炙：切碎的熟肉。

❺　五十弦：即是瑟，古代的一種樂器。據《史記‧封禪書》說，瑟本有五十根弦，上古太帝覺得它的聲音過悲，便破為二十五弦。

❻　翻：舊曲翻新，這裏指演奏。

❼　塞外聲：邊塞地區的音樂，以蒼涼悲壯著稱。

❽　沙場秋點兵：秋天在戰場上檢閱軍隊。古人見植物春生秋殺，認為春季天意主生育，秋季天意主殺伐，所以大的軍事行動大多選擇秋天進行。

❾　作：如。

❿　的盧：一種烈性快馬，額頭有白色條塊直貫口齒。據說劉備遇難時，他的坐騎「的盧」躍起三丈，幫他逃脫了險境。

⓫　霹靂：比喻射箭時弓弦的響聲。

⓬　天下事：指收復中原，這是當時的天下大事。

⓭　可憐：可惜。

【詞意】

　　昨夜酒醉，挑燈撫看寶劍；夢醒時分，號角已經響遍軍營。士兵正飽餐着犒賞的烤牛，琴瑟彈奏起激越的軍歌。戰地上開始了秋季大點兵！

　　出征時，戰馬奔馳，如同「的盧」飛快；弓弦響時，像是霹靂叫人心驚。我完成了君王交下的恢復中原的千秋大業，也替自己贏得生前身後的聲名──啊，可惜壯志未酬，早已白髮叢生！

【賞析】

　　一般雙調詞，詞人都會將語意按前後兩片自然地分為兩個層次。這首詞卻打破了常規，前面九句（從「醉裏挑燈看劍」到「贏得生前身後名」）為一個層次，最後一句（「可憐白髮生」）為另一個層次。筆法奇特，別出心裁。

　　一直讀到最後一句，我們才恍然大悟，前面九句所寫的麾下分炙、瑟譜邊聲、點兵沙場等豪情壯舉，都不過是詞人年輕時代為國征戰往事的重現，亦即是詞人現在的神往之境。

　　「可憐白髮生」一句轉折，殘酷地碾碎了詞人的神往之境。剩下來的是詞人滿腔難以名狀的悲憤。詞篇至此戛然而止，詞人心頭的悲情，留待讀者自己去細細體味了。

摸魚兒

辛棄疾

【作者】

見第 195 頁。

【題解】

宋孝宗淳熙己亥年（1179 年），辛棄疾四十歲，由湖北轉運副使調任湖南轉運副使，作者本來就不喜歡當這種管錢糧的官，況且這次調動又是離開前線更遠，內心就更失望和不滿了。恰好他的同僚王正文在官署裏的小山亭設酒替他餞行，於是他便寫下了這首詞。

這首詞從字面上看，似乎是寫對春天將去的惋惜和一個失寵婦女的苦

悶，實際上是暗喻詞人對國事的憂情和對朝廷的不滿。

　　據羅大經《鶴林玉露》載，宋孝宗看到了這首詞，雖然沒有加罪於他，可是很不愉快，這也可以說明詞裏所流露的，的確是對朝廷的不滿。

【詞文】

　　淳熙己亥，自湖北漕移湖南，同官王正文置酒小山亭，為賦。

　　更能消 ❶ 幾番風雨，匆匆春又歸去。惜春長怕花開早，何況落紅無數。春且住，見說道、天涯芳草無歸路 ❷。怨春不語。算只有殷勤、畫簷 ❸ 蛛網，盡日惹飛絮。　　長門事 ❹，準擬佳期又誤，蛾眉曾有人妒。千金縱買相如賦，脈脈此情誰訴？君 ❺ 莫舞，君不見、玉環飛燕 ❻ 皆塵土。閒愁最苦。休去倚危闌 ❼，斜陽正在、煙柳斷腸處。

❶ 消：經得起。

❷ 「天涯」句：芳草鋪到天邊，遮斷了春天的歸路。這是說春天已盡，不再回來。

❸ 畫簷：繪飾彩色的屋簷。

❹ 長門事：漢武帝的皇后陳阿嬌失寵後住在長門宮。她以千兩黃金請司馬相如為她代寫了一篇〈長門賦〉訴說她的忠貞，據說這篇賦感動了漢武帝，陳皇后又得到了皇帝的寵幸。

❺ 君：指善妒的人。

❻ 玉環飛燕：指唐玄宗的貴妃楊玉環和漢成帝的寵妃趙飛燕，前者被賜死於馬嵬坡，後者則被廢為庶人，自殺。這兩人都以善妒出名。

❼ 危闌：高樓上的欄杆。

【詞意】

淳熙己亥年，由湖北漕調任湖南。同僚王正文在小山亭設酒餞別。我寫了這首詞。

還經得起幾番風雨？匆匆地，春天又要歸去。因為惜春，總是擔心春花開得太早，更何況如今落花無數。啊，春天，你且止步！我聽人說，綠草一直鋪到天邊，遮斷春的歸路。可惜春不言語，並不放慢離去的腳步。最是難捨春天，算來應是那簷下蛛網，盡日網住殘春時節飄飛的柳絮。

長門宮裏寂寞的陳皇后啊，會晤皇上的佳期定然又被耽誤，是美人總要遭人嫉妒。千金縱買相如賦，此情脈脈又該向誰傾訴？善妒的人啊，你們且莫忘形得意，你們沒有看見玉環、飛燕，到頭來下場可悲、歸於塵土。閒愁最是教人難受。啊，切莫登上高樓倚欄遠望，那夕陽正斜照着煙霧籠罩的楊柳，看了令人腸斷，不勝悲苦。

【賞析】

這首詞運用象徵的手法。詞的表層是寫美女傷春、蛾眉遭妒，透過表層來看，在意蘊深處，詞人是借春事的闌珊來暗喻國事的危殆，借美人遲暮和遭妒被棄來暗喻自己政治上的不得志，同時也寄託了對歲月蹉跎的哀痛。

全篇沒有一處直陳時事，但細細體味，便能領會出句句都包含着極豐富的意蘊，手法非常隱晦曲折。

辛棄疾詞以豪放著稱，可是這首近於婉約派詞風的詞也寫得極好，表現了詞人擅長各種手法的藝術才幹。

醜奴兒・書博山道中壁

辛棄疾

【作者】

見第 195 頁。

【題解】

這首小詞是作者在帶湖閒居時所作，並題於博山（在今江西省廣豐縣西南）道中的牆壁上。抒寫詞人在人生道路上備受打擊、挫折之後的沉痛心情。

【詞文】

　　少年不識愁滋味，愛上層樓❶；愛上層樓，為賦新詞強說愁。　而今識盡愁滋味，欲說還休❷；欲說還休，卻道「天涼好箇秋」。

❶　層樓：高樓。
❷　休：停，停止。

【詞意】

　　少年不識愁的滋味，愛上高樓。愛上高樓，為寫新詞強說憂愁。而今識盡愁的滋味，欲言又止。欲言又止，卻說「好個涼快的清秋」！

【賞析】

　　這首詞通過「少年」、「而今」，無愁、有愁的對比，表現了詞人備受壓抑、排擠、報國無門的痛苦。

　　結尾兩句，將沉鬱得化不開的濃愁，融入輕淡的俏皮話中，以淡寫濃，重話輕說，分外感人。

西江月・遣興

辛棄疾

【作者】

見第 195 頁。

【題解】

這首詞大概是詞人後期閒居瓢泉時所作。

詞題「遣興」，即是抒發一時的意興，亦即興至之作。本詞藉寫閒興和醉態，表現出詞人在政治上欲進不能、欲倒不甘的複雜心態，含蓄地表示了對當時黑暗政治的不滿。

【詞文】

　　醉裏且貪歡笑，要愁那得功夫。近來始覺古人書，信着全無是處❶。　　昨夜松邊醉倒，問松「我醉何如❷」？只疑松動要來扶，以手推松曰「去」！

❶ 「近來」二句：詞裏說古人書「信着全無是處」，意思並非菲薄古人，否定一切古籍，而是針對當時政治上沒有是非和古人的至理名言都被拋棄的社會現實發出的激憤之辭。

❷ 醉何如：醉成甚麼樣子。

【詞意】

　　喝醉了酒，姑且圖個歡笑，想要發愁哪有功夫！近來這才開始領悟，不可全信古人書。

　　昨夜醉倒在松樹邊上，問松樹「我醉成甚麼樣子」，恍惚中松枝搖動，還當是松樹要來扶我，我用手推着松樹說：「去，去，我自己站起！」

【賞析】

　　「以文入詞」本是辛棄疾的拿手好戲，這首詞的後段對「以文入詞」的嫻熟運用，更是達到了出神入化的境界。特別是最後一句，只一個動作加上一個字的揮斥語，便把詞人的醉後狂態和倔強個性表現得維妙維肖。

借酒消愁，藉以發洩對南宋小朝廷的不滿，這是辛詞中一個重複多次的內容，但這首詞寫醉態，在構思和表現手法上頗有特色：歡中有愁、柔中有剛、醉中有醒、隨和中見執着，細細品味，詞意深長。

清平樂・村居

辛棄疾

【作者】

見第 195 頁。

【題解】

這首描寫鄉村生活的詞，是作者閒居江西上饒時所作。

【詞文】

　　茅簷低小，溪上青青草。醉裏吳音❶相媚好，白髮誰家翁媼❷。　　大兒鋤豆溪東，中兒❸正織雞籠。最喜小兒無賴❹，溪頭臥剝蓮蓬。

❶　吳音：吳國地方的口音。辛棄疾此時居住的江西上饒地區，是春秋時代吳國的地方。

❷　翁媼：老頭兒和老婦人。媼，音「襖」。

❸　中兒：第二個兒子。

❹　無賴：形容小孩子淘氣、頑皮。

【詞意】

　　溪邊的茅舍矮又小，溪岸長滿青青草。傳來一陣醉裏吳地方音，柔媚好聽，原來是一對白髮公婆在對飲閒聊。

　　大兒鋤豆在溪東，二兒忙着織雞籠。最逗人的是小兒子，不幹正經活，躺在溪頭剝蓮蓬。

【賞析】

　　這首詞可以說是一幅農村生活素描，寫得清新活潑，寥寥數筆，便勾畫出清溪茅舍一家老少的生動情景。

上片第三、四句採用倒裝句法，先聞「吳音相媚好」，還以為是青年情侶在談情說愛，見了才知道是一對「白髮翁媼」，饒有風趣。

下片寫年輕人，大兒子、二兒子在農忙季節都各忙各的，只有最小的兒子不會勞動，躲在溪頭剝着蓮蓬吃。「無賴」是貶義詞，農村人常以貶義詞罵小孩，以表示對小孩的分外愛暱。「溪頭臥剝蓮蓬」這個細節極為傳神地表現出小孩天真活潑的神態。

這首詞的語言樸實優美，恰與詞中描寫的情景相吻合。

永遇樂・京口北固亭懷古

辛棄疾

【作者】

見第 195 頁。

【題解】

這首詞寫於宋寧宗開禧元年（1205 年），詞人任鎮江知府，那時他已六十六歲了。

京口，今江蘇省鎮江市。北固亭，在鎮江市東北北固山上，面臨長江，又名「北顧亭」。

本詞題為「懷古」，實際上是借「懷古」以表達他對當時政事的見解

和憂慮，流露出詞人老當益壯的戰鬥意志。

楊慎評這首詞的時候說：「辛詞當以京口北固亭懷古〈永遇樂〉為第一。」

【詞文】

千古江山，英雄無覓、孫仲謀❶處。舞榭歌台，風流❷總被、雨打風吹去。斜陽草樹，尋常巷陌❸，人道寄奴❹曾住。想當年、金戈鐵馬，氣吞萬里如虎❺。　　元嘉草草❻，封狼居胥❼，贏得倉皇北顧❽。四十三年，望中猶記，烽火揚州路❾。可堪回首，佛狸祠下，一片神鴉社鼓❿！憑誰問：廉頗老矣，尚能飯否⓫？

❶ 孫仲謀：孫權字仲謀，三國時吳國的皇帝。這裏提到他，是因為他曾在京口建立吳國的首都。

❷ 風流：指英雄事業的流風餘韻。

❸ 尋常巷陌：普通的街道。

❹ 寄奴：南朝宋武帝劉裕的小字，他的先世由彭城移居京口，他自己在這裏起事，平定桓玄的叛亂，終於推翻了東晉，建立了政權。

❺ 「想當年」三句：頌揚劉裕北伐的功業，他率領軍隊，馳騁於中原萬里大地，先後滅掉南燕和後秦，光復洛陽、長安等地，氣吞胡虜。

❻ 元嘉草草：指宋文帝劉義隆（宋武帝之子）在元嘉二十七年（450年）草草出師北伐，大敗而歸，國勢從此一蹶不振。

❼ 封狼居胥：指武帝時大將霍去病打敗匈奴，直追到狼居胥山，殲敵七萬，在山

上勒石慶功、祭天而還。封,聚土為壇而祭天。

❽　倉皇北顧:形容宋文帝北伐兵敗之後,看到北方追來的敵人而驚惶失色。

❾　「四十三年」三句:作者南歸是在 1162 年,正好是四十三年前。南歸之前,作者在戰火瀰漫的揚州以北地區參加抗擊金兵的戰爭。路,宋朝的行政區域名,揚州屬淮南東路。

❿　「佛狸祠下」二句:形容敵人佔領區祠廟香火鼎盛,烏鴉爭吃祭品的叫聲和社日祭神的鼓聲響成一片。佛狸祠是北魏太武帝(小字佛狸)在江北瓜步山建立的行宮,後人改為祠廟。這三句表達了作者內心的隱憂:如今江北各地淪陷已久,如不迅速謀求恢復的話,老百姓便會逐漸安於異族的統治,忘記了自己是宋室的子民。

⓫　「憑誰問」三句:《史記・廉頗藺相如列傳》記載,廉頗雖老,還想為趙王所用。他在趙王使者面前一頓飯吃了一斗米飯、十斤肉,還披甲上馬,表示自己還能打仗。這三句是說:朝廷還有誰肯來關心、重視我們這些老將呢?

【詞意】

眼前的江山,千古以來便是如此壯麗;只是孫權那一代的英雄,如今已經無處尋覓。當年的舞榭歌台、英雄事業的流風餘韻,經受歷代風雨吹打,也成陳跡。夕陽斜照的荒草野樹之間,有一條尋常街巷,人說宋武帝劉裕曾住這裏。想當年,他持金戈,跨戰馬,一如猛虎下山,氣吞胡虜,所向披靡。

元嘉年間,宋文帝草草北伐,想效法霍大將軍追擊匈奴,封狼居胥,結果只落得登城北顧,驚恐不已。南歸四十三年了,每當遙望揚州,猶記當年烽火遍地。不堪回望,看那佛狸祠下,烏鴉爭食祭品的叫聲和祭社的

鼓聲響在一起。啊，有誰肯來關心老廉頗，每餐是否還能吃下一斗米？

【賞析】

　　這首詞是《稼軒集》裏的壓卷之作。

　　詞的上片觸景生情，感慨歷史的興亡，寫得很有層次，景物由籠統（千古江山、舞榭歌台）到具體（斜陽草樹、尋常巷陌），蒼涼沉鬱的氣氛也由淡轉濃。詞的下片借對「元嘉草草」的批判，表示了對迫在眉睫的「開禧北伐」前景的憂慮。

　　這首詞用典雖多，但都關合時事，鑄史鎔經，無斧鑿痕。作者對歷史人物（如劉寄奴）和歷史事件（如元嘉北伐）的概括，其語言的生動和凝練，令人歎為觀止。

　　在詞的結尾，作者以廉頗自比，表示了自己不服老、還想為國效力的耿耿忠心。

　　整篇詞寫得沉痛悲壯，感染力極強，成為千古絕唱。

南鄉子・登京口北固亭有懷

辛棄疾

【作者】

見第 195 頁。

【題解】

這首詞和〈永遇樂〉（第 219 頁）是同年、同地、同為懷古之作，可以並讀。

詞人之所以把孫權作為英雄來歌頌，是因為認為他與不戰而屈的劉琮不同，雄踞江東，屢敗敵軍，含有極明顯的借古諷今之意。

【詞文】

何處望神州 ❶？滿眼風光北固樓 ❷。千古興亡多少事？悠悠。不盡長江滾滾流。　　年少 ❸ 萬兜鍪 ❹，坐斷 ❺ 東南戰未休。天下英雄誰敵手？曹劉 ❻。生子當如孫仲謀 ❼！

❶　神州：全中國，這裏指中原淪陷區。

❷　北固樓：即北固亭，在鎮江市東北北固山上，面臨長江，又名「北顧亭」。

❸　年少：年輕。孫權繼承父兄之業統治江東時，年方十九。

❹　兜鍪：士兵的頭盔，這裏指代士兵。鍪，音「謀」。

❺　坐斷：佔住，割據。

❻　「天下」二句：天下英雄只有曹操和劉備才稱得上是孫權的敵手。

❼　「生子」句：《三國志．孫權傳》注引《吳歷》記載，在孫、曹濡須口（今安徽省巢湖市）之戰時，曹操見吳軍軍容甚盛，不禁感歎說：「生子當如孫仲謀，劉景升兒子若豚犬耳。」仲謀，孫權的字。劉景升兒子，指劉琮。劉表（字景升）死後，他的兒子劉琮不能固守基業，不戰而降，將荊州之地拱手奉送給曹操，因此曹操在讚歎孫權英武的同時，嘲笑劉琮簡直像豬狗一般無用。

【詞意】

何處眺望神州？登上京口北固樓，無限風光眼底收。千古興亡多少事？悠悠不盡啊，猶如長江滾滾流。

遙想孫權年少，便已統領百萬雄兵，虎踞江南戰不休。天下英雄，唯有曹操、劉備，堪稱他敵手。難怪曹操讚歎：「生子當如孫仲謀！」

【賞析】

　　這首詞有四個語意層次，上片兩個層次，下片兩個層次。四個語意層次竟然設置了三問三答，筆法十分別緻。

　　全詞的結句引用了史書典故，耐人尋味的是，作者只截取了曹操原話的上半句「生子當如孫仲謀」，而「歇」去了下半句「劉景升兒子若豚犬耳」，留給讀者心領神會。當其時，誰是不戰而降的劉琮之輩？詞人雖不明說，可是詞鋒暗指的南宋小朝廷，已經呼之欲出了。

西江月・夜行黃沙道中

辛棄疾

【作者】

見第 195 頁。

【題解】

這首詞寫農村豐收時的夜景。

黃沙即黃沙嶺，在今江西上饒的西邊。寫這首詞的時候，詞人正在信州（即今上饒）閒居。

【詞文】

　　明月別枝 ❶ 驚鵲，清風半夜鳴蟬。稻花香裏説豐年，聽取蛙聲一片。　　七八個星天外，兩三點雨山前。舊時茅店社 ❷ 林邊，路轉溪橋忽見 ❸。

❶ 別枝：斜出的樹枝。

❷ 社：土地廟。

❸ 見：同「現」，顯現，出現。

【詞意】

　　明亮的月光，驚醒了睡在斜枝上的烏鵲；已是夜半，竟然還有蟬聲隨着涼風輕傳。稻花香裏，蛙鳴響成一片，青蛙們似乎正在興奮談論：今年又是一個豐收年。

　　七八顆星閃爍在遠處的天邊，兩三點雨飄落在近處的山前。記得小廟附近樹林旁，有家小茅店。拐個彎兒，走過溪橋，啊，那家茅店果然就在眼前出現！

【賞析】

　　這首詞以愉快的筆調描繪了一幅農村豐年的夜景圖。

　　作者善於抓住山野間夜景的典型特徵，用疏淡優美的詞句記錄了它的

形象。和這優美夜景交相輝映的，是字裏行間流露出來的作者對於豐收在望的喜悅心情。例如「稻花香裏」兩句，作者把蛙擬人化了，寫青蛙懂得「說豐年」，這個充滿詩意的設想，把作者內心的歡快寫活了！

　　情和景交織在一起，再加上輕靈、愉快的筆調，使這首小令具有感人的藝術魅力。

水調歌頭・送章德茂大卿使虜

陳亮

【作者】

　　陳亮（1143 至 1194 年），字同甫，號龍川，婺州永康（今屬浙江省金華市）人，南宋著名的思想家和文學家。《宋史・陳亮傳》記載，陳亮「為人才氣超邁，喜談兵，議論風生，下筆數千言立就」。曾多次上書，堅持抗金，要求改革政治。宋孝宗淳熙五年（1178 年），他赴京城，十日內三次上書陳說恢復中原之計。宋孝宗要授以官職，他笑着說上書是為了國家，不是為了博取功名，於是渡江而歸。

　　由於陳亮一生力主抗金，直言不諱，遭到朝廷主和派的嫉恨和打擊，三次被誣陷入獄，差一點被判死罪。宋光宗紹熙四年（1193 年）中進士，名列第一，被授予建康府（今南京市）簽判，未及赴任即於次年病逝。

　　陳亮的詞慷慨豪放，風格與辛棄疾相近。今人輯有《龍川詞》。

【題解】

　　淳熙十二年（1185年）十一月，南宋朝廷派章森（字德茂）等人出使金國，向金世宗完顏雍祝壽。章森原為大理少卿，出使時借用戶部尚書的官銜，所以詞人稱他為「大卿」。

　　自從宋孝宗隆興年間宋金和議之後，南宋朝廷向金國稱侄，除了增加歲幣之外，每年還要屈辱地派使者去向金廷賀節送禮，並為「叔大金皇帝」祝壽。所以，章森此次出使金國，並非一次光彩的使命。

　　這首詞表達了詞人對友人章森的期望，也抒發了詞人的愛國熱情和藐視強敵的豪邁氣概，詞題不寫「使金」而寫「使虜」，也表示了詞人對金國的極度蔑視與仇視。

【詞文】

　　不見南師 ❶ 久，謾說北群空 ❷。當場隻手 ❸，畢竟還我萬夫雄。自笑堂堂漢使，得似洋洋河水，依舊只流東？且復穹廬 ❹ 拜，會向藁街 ❺ 逢。　　堯之都，舜之壤，禹之封 ❻，於中應有、一個半個恥臣戎。萬里腥羶 ❼ 如許 ❽，千古英靈安在，磅礴幾時通 ❾？胡運 ❿ 何須問，赫 ⓫ 日自當中。

❶　南師：南宋的軍隊。

❷　北群空：沒有好馬，比喻沒有良材。語出韓愈〈送溫處士赴河陽軍序〉：「伯樂一過冀北之野，而馬群遂空。夫冀北馬多天下，伯樂雖善知馬，安能空其群耶？解之者曰：吾所謂空，非無馬也，無良馬也。」

❸ 當場隻手：能夠獨當一面的人材。隻手，獨力支撐的意思。

❹ 穹廬：音「窮盧」，即是蒙古包，北方民族居住的圓形帳篷。

❺ 藁街：漢代長安城內專供外族人居住的地方。漢元帝時大將陳湯出使西域，假託朝廷的命令發兵殺了匈奴單于，還奏請把首級掛在藁街示眾。藁，音「稿」。

❻ 「堯之都」三句：指中原地區，堯、舜、禹都在這裏建都。壤，土地。封，疆域。

❼ 萬里腥羶：廣闊的土地被敵人的腥臊氣玷污了。金人以羊肉為主食，身上常有腥臊氣味。羶，音「煎」。

❽ 如許：像這個樣子。

❾ 「磅礴」句：浩然的正氣甚麼時候才能壓倒邪氣，而貫通於天地之間？

❿ 胡運：金國的國運。

⓫ 赫：形容光明耀眼的樣子。

【 詞意 】

　　很久不見南師出征，便謠傳中原已無人可用。像你這樣獨當一面的幹材出使，畢竟再次顯示大宋萬夫莫敵的雄風。自笑堂堂天朝使節，怎麼可以一味去向強虜跪叩，一如河水流東？也罷，今次姑且再去蒙古包裏朝拜一回，終有一日要像漢將陳湯，斬下敵酋首級，懸在藁街示眾！

　　中原啊，你是堯、舜、禹建都的地方，這裏應有一個半個好漢，恥於臣服敵戎。萬里河山，竟被金兵糟蹋得腥臊如此。先烈們的英靈何在？民族的浩然正氣，何時得以磅礴蒼穹？啊，無須懷疑，敵人注定滅亡，而我大宋的國運，如日方中！

【賞析】

本來，章德茂此行是一次屈辱的外交使命，這類送別詞，容易流於悲涼淒楚，而陳亮這首詞卻寫得氣勢恢宏，使這次艱難、屈辱的外交活動陡壯聲色。

這首詞上片寫因友人使虜引出的感慨，「當場隻手」以下五句，是詞的重點，寫章森才幹出眾，此次仗義出使定然不辱使命，預祝他奏凱而回。

下片從「堯之都」開始，一連五個連珠式的排句，傾訴了詞人的民族自豪感和如今身處弱國的屈辱感。句式近於散文，但因感情強烈，很能震撼人心。千載之下讀來，仍然令人血脈賁張，激動不已。

沁園春

劉過

【作者】

　　劉過（1154 至 1206 年），字改之，自號龍洲道人，吉州太和（今江西省泰和縣）人。多次參加進士考試，未能登第。曾上書朝廷提出恢復中原的方略，都不被採納。長期流浪在江湖間，以詩詞遊謁於達官貴人。酒酣耳熱之時，出語豪放，被時人稱為「天下奇男子，平生以義氣撼當世」。（毛晉〈龍洲詞跋〉引語）

　　晚年得到辛棄疾的賞識，被延為座上賓。卒於崑山（今屬江蘇省），墓地至今還在。

　　劉過的詞師法辛棄疾，語意峻拔，風格豪放。著有《龍洲詞》。

【題解】

宋寧宗嘉泰三年（1203 年），詞人在臨安，當時辛棄疾在紹興任知府兼浙東安撫使，聞其名，派人來請他去做客，劉過便寫了這首詞婉拒。詞題中的「稼軒」即是辛棄疾的字。

古代的文士很講究人格尊嚴，尤其是寒士，對於達官貴人的邀請，一呼即來，似有失身價；屢邀不至，又未免過傲。通常的做法是對第一次邀請加以婉拒，再請或三請而後行。劉過接到辛棄疾的邀請而不赴（從詞中可以看出他並沒有甚麼要事脫不開身），就是這個緣故。

辛棄疾讀了他這首詞，很高興，終於還是把劉過邀請了去，款待了好些日子。可見辛棄疾對這位落拓而又豪縱的詞人是十分賞識的。

【詞文】

風雪中欲詣稼軒，久寓湖上，未能一往，因賦此詞自解。

斗酒彘肩 ❶，風雨渡江 ❷，豈不快哉！被香山居士 ❸，約林和靖 ❹，與東坡老 ❺，駕勒 ❻ 吾回。坡謂西湖，正如西子 ❼，濃抹淡妝 ❽ 臨鏡台。二公者 ❾，皆掉頭不顧，只管銜杯。　　白云天竺去來 ❿，圖畫裏、崢嶸樓閣開。愛東西雙澗，縱橫水繞；兩峰南北 ⓫，高下雲堆 ⓬。逋 ⓭ 曰不然，暗香浮動 ⓮，爭似 ⓯ 孤山 ⓰ 先探梅？須 ⓱ 晴去，訪稼軒未晚，且此徘徊 ⓲。

---

❶　斗酒彘肩：《史記 · 項羽本紀》記載，鴻門宴上，項羽稱讚劉邦手下大將樊噲

是壯士，賞他斗酒彘肩（一斗酒、一個豬肘子）。彘，音「自」，豬。

❷ 江：這裏指錢塘江，從杭州去紹興必須渡過錢塘江。

❸ 香山居士：即白居易，唐代詩人，號香山居士，曾在杭州做過刺史。

❹ 林和靖：北宋初年著名的隱士詩人，名逋，字君復，諡號「和靖先生」。二十年不入城市，終身不娶，種梅養鶴為伴，人稱「梅妻鶴子」。

❺ 東坡老：即蘇軾（見第 65 至 66 頁介紹），他曾在杭州任通判、知州。

❻ 駕勒：以駕車勒馬作比喻，指強拉硬拖。

❼ 西子：即西施。

❽ 濃抹淡妝：即濃妝與淡妝。以上三句隱括蘇軾讚美西湖的詩句：「水光瀲灩晴方好，山色空濛雨亦奇。欲把西湖比西子，淡妝濃抹總相宜。」（〈飲湖上初晴後雨〉）

❾ 二公者：二公指白居易和林逋。「者」是語助詞，沒有意義。

❿ 天竺去來：天竺山在西湖西北的靈隱寺南邊，風景優美。「來」是語氣詞，相當於「咧」。

⓫ 兩峰南北：指靈隱寺後相互對峙的北高峰與南高峰。

⓬ 雲堆：雲彩堆疊。以上四句隱括白居易〈寄韜光禪師〉詩：「東澗水流西澗水，南山雲起北山雲。」

⓭ 逋：音「褒」，指林和靖。

⓮ 暗香浮動：取自林逋〈山園小梅〉詩句：「疏影橫斜水清淺，暗香浮動月黃昏。」

⓯ 爭似：怎能比得上。

⓰ 孤山：在西湖的裏湖與外湖之間，一山孤峙湖中，故名「孤山」。孤山種植許多梅花。

⓱ 須：等待。

⓲ 徘徊：流連，盤桓。

【詞意】

平生喜愛大斗喝酒、大塊吃肉，如今冒着風雨，要渡錢塘，去赴稼軒飲宴，豈非一大快事！誰知被白香山約了林逋、坡仙，三人合伙拉我回轉。東坡說：「西湖美如西施，正對着鏡台濃妝淡抹，細意打扮。咱們去西湖遊覽如何？」白、林二公掉轉頭去，不表贊成，只顧遞杯傳盞。

白香山說：「上西竺去吧！那裏的樓閣崢嶸，景色如畫；東西水潤縱橫繚繞，南北雙峰高聳雲天！」林逋說：「不好，怎及得上先去孤山訪梅，梅花的幽香在山頭飄泛。等到晴日，再去拜訪稼軒不晚，這幾天，且在此處流連。」

【賞析】

這首詞構思奇特，想像豐富，詞的散文化非常突出，文筆流暢，一瀉而下。

詞人打破了現實生活中的時空界限，讓三位時代不同、卻都與杭州有密切關係的詩人起死回生，他們拉着詞人劉過一起同遊西湖諸處名勝。如此鮮活生動、風趣盎然的奇詭情節，有詞以來，實屬罕見，一讀便令人耳目一新，留下了極深刻的印象。

在一篇容量有限的詞裏面，居然把三位古人的對話、神態描寫得如此生動，實在不易。對話中又鎔鑄了他們詩作的佳句，似不經意地把西湖之美表現了出來。更妙的是結尾，通過林逋的話「須晴去，訪稼軒未晚」，把因天氣不好而不能去會辛棄疾的原因，用詼諧的筆法表達，手法奇妙，令人拍案叫絕。

點絳唇・丁未冬過
吳松作

姜夔

【作者】

　　姜夔（1155〔？〕至1221〔？〕年），字堯章，號白石道人，饒州鄱陽（今江西省鄱陽縣）人。幼年隨父居漢陽（今屬湖北省武漢市），父親死後，依姐而居。後來在長沙結識著名詩人蕭德藻（即姜夔〈揚州慢〉詞前小序裏提到的千岩老人），蕭德藻很欣賞他的詩，把侄女嫁給他，因此寓居湖州（今浙江省湖州市）。

　　姜夔參加過進士考試，但未及第，終身未曾做官。他的詩文、音樂、書法都很出色，他的詞以清空含蓄的風格著稱，注重格律，是格律派的重要代表人物。著有《白石道人歌曲》。

【題解】

丁未年，即宋孝宗淳熙十四年（1187 年）冬天，作者自湖州去蘇州見范成大，途經吳松，寫下這首詞。吳松即是吳淞江，俗稱蘇州河，在江蘇省境內，南接太湖。

姜夔在這首詞裏抒寫了他對唐代詩人、隱士陸龜蒙的景仰，以及對自己的悲涼身世的感傷。

【詞文】

燕雁❶無心，太湖西畔隨雲去。數峰清苦，商略❷黃昏雨。　　第四橋❸邊，擬共天隨❹住。今何許❺？憑闌懷古，殘柳參差❻舞。

❶ 燕雁：北方的大雁。燕，音「煙」。

❷ 商略：商量，醞釀。

❸ 第四橋：吳江城外的甘水橋，以泉水在全國評為第四而得名。

❹ 天隨：唐代詩人陸龜蒙自號「天隨子」，他辭官之後隱居於吳江。據《唐才子傳》說，陸龜蒙經常駕着一葉扁舟，把文具、茶具、釣具放在船上，在江湖間遨遊，十分清高。姜夔非常推崇陸龜蒙，常以陸龜蒙自比。他在〈三高祠〉詩中說：「沉思只羨天隨子，蓑笠寒江過一生。」自歎懷才不遇，境況艱難，所以一心嚮往着陸龜蒙式的「蓑笠寒江過一生」的清高生活。

❺ 何許：何處。

❻ 參差：音「侵雌」，這裏形容柳條的長短不齊。

【詞意】

　　北方的大雁無心停留，從太湖西畔隨雲飛去。剩下幾座清苦的山峰聳立，商量着下它一場黃昏雨。

　　第四橋邊，還有天隨子當年隱居的遺址，多麼希望能夠與他同住。可是，這位唐代的先哲，如今人在何處？我憑着欄杆懷念古人，眼前只見殘柳枝條參差，在寒風中搖曳飛舞。

【賞析】

　　這首小令的上片寫路過吳松時眼見的景物，寥寥數筆，卻描寫得很有特色。作者把「燕雁」和「數峰」都加以擬人化。尤其是「數峰」二句，給風雨襲來之前的山峰披上一層濃重的感情色彩，「商略」兩字用得更是巧妙，可圈可點！

　　轉入下片，頭兩句逕直抒情，表示自己很想與天隨子一起過清高的隱士生活，可是因時代阻隔未能如願。「今何許」以下三句，作者懷才不遇、憔悴天涯的無限傷感，都從「殘柳參差舞」五個字曲折隱晦地滲透出來。

鷓鴣天・元夕有所夢

姜夔

【作者】

見第 237 頁。

【題解】

　　這是一首懷人詞，據考證，作於宋寧宗慶元三年（1197 年），此時作者已經四十多歲。作者年輕時，曾在淮南的合肥結識一個歌女，相處甚歡。

　　這首詞通過記夢，表達了對二十多年前戀人的懷念。

【詞文】

　　肥水 ❶ 東流無盡期，當初不合種相思。夢中未比丹青 ❷ 見，暗裏忽驚山鳥啼。　　春未綠，鬢先絲。人間別久不成悲 ❸。誰教歲歲紅蓮 ❹ 夜，兩處沉吟 ❺ 各自知。

❶　肥水：亦作淝水，在安徽境內。

❷　丹青：圖畫。

❸　「人間」句：離別已久，感情也已麻木，不再覺得悲哀了。這是人世間的常情。

❹　紅蓮：指元宵夜的紅蓮花燈。

❺　沉吟：深深地思念。

【詞意】

　　離情悠悠，一似淝水東流，永無盡期；自悔當初，不該與她種下相思情意。昨夜伊人入夢來，夢境迷離，倩影未如畫中清晰；美夢忽被山鳥啼聲驚破，醒來不勝欷歔！

　　春草未綠，霜鬢早已成絲。有道是「人間別久不成悲」，偏是年年元夕，依舊彼此深深思念 —— 此情唯有兩心知！

【賞析】

　　這首記夢的詞，以東流的淝水起興，江流無盡、也象徵着相思的痛苦

永不止息。「夢中」一句寫夢境，隱約其詞，欲說還休。

下片運用欲揚先抑的手法，以「人間別久不成悲」一句抑挫，反跌出「誰教歲歲紅蓮夜，兩處沉吟各自知」超越時間刻骨銘心的相思。

比起姜夔的其他清空含蓄的詞篇，這首詞的語言明白流暢，境界也疏朗清秀，真摯的感情也很感人。

揚州慢

姜
夔

【作者】

見第 237 頁。

【題解】

這是姜夔的代表作，〈揚州慢〉這一詞牌，是他自創的。

紹興三十一年（1161 年），完顏亮率金兵攻破揚州，大肆劫掠，十六年後，作者經過這裏，仍然滿目荒涼，不由感慨萬分，寫下了這首動人的詞篇。當時作者年僅二十二歲。

詞前附有精彩的小序，點出這首詞的寫作背景及主題。

【詞文】

　　淳熙丙申至日 ❶，予過維揚 ❷。夜雪初霽。薺麥彌望 ❸。入其城，則四顧蕭條，寒水自碧，暮色漸起，戍角悲吟。予懷愴然，感慨今昔，因自度此曲 ❹。千岩老人 ❺ 以為有〈黍離〉之悲 ❻ 也。

　　淮左 ❼ 名都，竹西佳處 ❽，解鞍少駐初程 ❾。過春風十里 ❿，盡薺麥青青。自胡馬窺江 ⓫ 去後，廢池喬木，猶厭言兵。漸黃昏，清角吹寒，都在空城。　　杜郎 ⓬ 俊賞 ⓭，算而今、重到須驚。縱豆蔻詞 ⓮ 工 ⓯，青樓夢 ⓰ 好，難賦深情。二十四橋 ⓱ 仍在，波心蕩、冷月無聲。念橋邊紅藥，年年知為誰生！

❶　淳熙丙申至日：宋孝宗淳熙三年（1176 年）的冬至日。

❷　維揚：揚州。

❸　薺麥彌望：滿眼都是野生的薺菜和麥子。薺，音「齊」（低上聲）。

❹　自度此曲：自作此曲並填詞。

❺　千岩老人：南宋詩人蕭德藻，字東夫，自號千岩老人，姜夔曾經跟他學詩，同時也是他的姪女婿。

❻　〈黍離〉之悲：對國家殘破的悲痛。《詩經》有〈黍離〉篇，寫周朝一個臣子路過西周舊都，見故宮荒廢，長滿禾黍，因而寫了詩以表達對故國的懷念。

❼　淮左：即淮河東部，宋時揚州屬淮南東路。

❽　竹西佳處：風景優美的竹西亭，在揚州城東。杜牧〈題揚州禪智寺〉:「誰知竹西路，歌吹是揚州。」

❾　初程：長途旅行的第一段路程。

❿　春風十里：寫揚州的繁華景象。出自杜牧的〈贈別〉詩:「春風十里揚州路，

捲上珠簾總不如。」

⓫ 胡馬窺江:金兵的戰馬在長江邊上窺視,指的是金兵兩次南侵。宋高宗建炎三
年(1129年),金人初犯揚州,其後紹興三十一年(1161年)金兵再度攻破
揚州。

⓬ 杜郎:指唐代著名詩人杜牧(803至852年),他年輕時曾在揚州當過官,留
下許多風流韻事和有名的艷情詩篇。

⓭ 俊賞:卓絕的鑑賞才能。

⓮ 豆蔻詞:指杜牧的〈贈別〉詩,有名句「娉娉嫋嫋十三餘,豆蔻梢頭二月初」。

⓯ 工:精妙。

⓰ 青樓夢:指杜牧的〈遣懷〉詩,有名句「十年一覺揚州夢,贏得青樓薄幸名」。

⓱ 二十四橋:揚州古跡。杜牧〈寄揚州韓綽判官〉:「二十四橋明月夜,玉人何處
教吹簫。」相傳古代有二十四個美人吹簫於此,故名。因橋邊盛產紅芍藥花,
所以又名紅藥橋。

【詞意】

　　淳熙三年冬至,我路過揚州。下了一夜的雪剛停,天色放晴。滿眼盡
是野生的薺菜和麥子。進入揚州城後舉目四顧,周圍一片冷落荒涼,池水
冷冷地顯出碧綠的顏色。暮色漸濃,軍營傳來了悲傷的號角聲。我的內心
無限哀傷,感慨揚州的今昔巨變,因而自己創作了這個詞調,千巖老人蕭
德藻認為這首詞含有詩經〈黍離〉所表現的那種故國河山之悲。

　　來到揚州,這淮河東面的名城,在那風景佳麗的竹西亭旁,我解下
馬鞍,稍作逗留,結束了我旅遊的初程。走在昔日繁華的十里揚州路上,
盡是薺菜、野麥,一派青青。自從金人的戰騎窺視長江、鐵蹄馳過揚州之

後，就連這裏荒廢的池塘和古老的大樹，至今仍然厭恨談起那場戰爭。漸到黃昏，淒清的號角在冬日的寒風中吹起，迴蕩在這座空寂的古城。

曾經來過揚州的詩人杜牧，極富鑑賞才能。倘若他今日重臨故地，定會悚然心驚。縱使他有卓越詩才、曾寫出「豆蔻」、「青樓夢」的精妙詩句，此時見此巨變，也難賦寫內心的悲愴深情。二十四橋仍在，清冷的月光在水波中蕩漾，悄然無聲。遙想橋邊的紅芍藥，無人賞玩，不知年年為誰開放得如此繁盛？

【賞析】

這首詞上片從自己的行蹤入題，然後描寫揚州劫後殘破、衰敗的景象。作者用欲抑先揚的曲筆，借歷史上揚州的繁華昌盛、風景秀麗來反襯現實。「自胡馬窺江」，揭示揚州破敗的原因；「廢池喬木，猶厭言兵」，以擬人化的手法，形容戰亂之殘酷、破壞之深重、百姓對金兵踐踏蹂躪的切齒之痛。清代陳廷焯稱讚說：「寫兵燹後情景逼真……『猶厭言兵』四字，包括無限傷亂語，他人寫千百言，亦無此韻味。」

下片用杜牧詩意，來抒寫詞人憶昔傷今的感慨。末韻兩句「念橋邊紅藥，年年知為誰生」，歎息花開花落，自生自滅，無人留意，無人欣賞，含蓄地暗示劫後的揚州人口驟減，民戶疏落，寄寓了深沉的國破家亡之痛，因此千岩老人說這首詞有〈黍離〉之悲。

有人批評，下片所用「杜郎俊賞」、「豆蔻」、「青樓夢」、「二十四橋」都是杜牧和他詩裏的典故，用典的範圍太過狹窄，這個批評不無道理。

雙雙燕・詠燕

史達祖

【作者】

　　史達祖（1163〔？〕至1220〔？〕年），字邦卿，號梅溪，汴京（今河南省開封市）人。居杭州。中年時期曾在揚州及荊江、漢水一帶擔任過幕僚之職。他頗有政治才幹，但屢試不第，生活清貧。直至宋寧宗嘉泰年間（1201至1204年）才入中書省為堂吏，曾以金使隨員身份出使金國。史達祖極力主張抗金，所以很受太師韓侂冑賞識，替韓掌管文書，草擬文稿，頗有權勢。開禧北伐失敗後，韓侂冑遭到誅殺，史達祖也受牽連，被處以黥刑（在額上刺字的刑罰），流放，死於貧困。

　　史達祖的詞擅長詠物，善用白描手法，語言清新、華麗，形式上追求工巧、細膩。著有《梅溪詞》。

【題解】

這是一首備受推崇的詠物名作，它以白描的手法，描繪雙燕嬉春的歡樂，反襯出閨中人的寂寞孤獨。王士禛在《花草蒙拾》書中讚歎說：「僕每讀史邦卿詠燕詞……以為詠物至此人，巧極天工矣！」

【詞文】

　　過春社❶了，度簾幕中間，去年塵冷。差池❷欲住，試入舊巢相並。還相❸雕梁藻井❹，又軟語、商量不定。飄然快拂花梢，翠尾分開紅影❺。　　芳徑，芹泥❻雨潤，愛貼地爭飛，競誇輕俊。紅樓❼歸晚，看足柳昏花暝。應自棲香正穩，便忘了、天涯芳信❽。愁損❾翠黛雙蛾❿，日日畫闌⓫獨憑。

❶　春社：立春後祭社神祈求豐收的日子。

❷　差池：形容燕子飛翔時尾翼張舒不齊的樣子。差，音「雌」。

❸　相：音「商」，張望。

❹　藻井：即天花板，古時用方木架成的井欄形，繪有花紋。

❺　紅影：花影。

❻　芹泥：水邊種植芹菜的泥土。

❼　紅樓：有錢人家的住處。

❽　芳信：指閨中人的書信。

❾　愁損：因發愁而消瘦。

⑩ 翠黛雙蛾：用青綠色畫的雙眉。翠黛，古時女子用以畫眉的青綠色。雙蛾，即
　　是雙眉。

⑪ 畫闌：繪有圖畫的欄杆。

【詞意】

　　春社過了，雙燕從南方歸來，牠們飛進重重簾幕，發現屋裏的舊巢塵
封冷落，不似去時。雙燕想住下來，展着翅翼繞巢飛旋，試入巢中雙棲。
可是，打量一番雕樑、藻井，牠們三心兩意。小兩口呢喃軟語，商量再三
再四。最後主意已定，牠們忽而飄然掠過花樹枝頭，忽而綠尾剪開了花朵
艷紅的影子。

　　在飄散着花香的小徑上，芹泥經過春雨濕潤，正好銜去修補舊居，雙
燕貼地競飛，比賽誰更輕盈、俊美。等到回到紅樓歇息，天色已晚，這一
天看盡了柳暗花明，何等稱心快意！小兩口睡得又香又穩，卻忘了將天涯
遊子的書信傳遞。難為了閨中少婦，雙眉緊皺、面容憔悴，依然日日獨自
憑欄企盼，望穿秋水！

【賞析】

　　這首詞完全把燕子擬人化了，這是一對出入簾幕、雙宿雙飛的恩愛夫
妻。「差池」以下五句，寫燕子初歸時的情景，先是繞巢飛旋，繼而試入
巢中同住，後來觀察了一陣屋樑、天花板，「又軟語、商量不定」，活靈活
現地描繪出燕子的形神，準確、細膩、生動傳神。

下片寫燕子整日銜泥，一邊欣賞柳暗花明的迷人春色，「花徑」以下四句寫雙燕在雨後的田野銜泥競飛的情形，「貼地爭飛」栩栩如生地寫出雙燕你追我趕獨特飛行的形態，其歡快的心情躍然紙上。

本詞詞題詠燕，全篇卻沒有一個「燕」字，但處處是寫燕，足見詞人藝術手法的高超了。

玉樓春・戲呈林節推鄉兄

劉克莊

【作者】

　　劉克莊（1187 至 1269 年），字潛夫，號後村，莆田（今屬福建省）人。出身世家，以祖蔭得官，仕途坎坷。在做建陽（今屬福建省）令時，因寫了一首〈落梅〉詩，被指為訕謗當朝權臣而被罷官多年。

　　後來，宋理宗賞識劉克莊有文名，而且精於史學，特賜他同進士出身（宋代進士試分五甲，「同進士出身」是第五等）。官至龍圖閣學士。

　　劉克莊的詞風格豪放，筆致疏宕放縱，不受傳統的格律的限制。著有《後村長短句》。

【題解】

詞人有個姓林的同鄉，因為年齡與詞人相若，所以尊稱為「鄉兄」。這個林鄉兄做了節推（州郡的佐理官），卻只知道吃喝玩樂。這首詞就是寫給他的。

雖然詞人在題目中稱這首詞是「戲呈」，即是帶有開玩笑的性質，可是細味詞意，詞人的態度頗為嚴肅。他對林節推的嫖賭飲等惡習，委婉地規勸，並把個人的行為與國家的興亡聯繫起來，寫進了家國之感，體現了詞人深沉、執着的愛國情懷。

【詞文】

年年躍馬長安❶市，客舍❷似家家似寄❸。青錢❹換酒日無何❺，紅燭呼盧❻宵不寐。　　易挑錦婦❼機中字，難得玉人❽心下事。男兒西北有神州，莫滴水西橋❾畔淚！

❶　長安：唐代的京城，這裏用以指代南宋的京城臨安。

❷　客舍：旅館。

❸　寄：這裏作名詞用，指臨時的居所。

❹　青錢：青銅鑄造之錢，即銅錢。

❺　無何：不做事。

❻　呼盧：指賭博。古時擲骰子，如果一投五子全黑，名為「盧」（「盧」的古義有「黑」的意思），便獲全勝。因此賭徒在擲骰子時都爭着大聲呼「盧」。

❼ 錦婦：指前秦竇滔的妻子蘇蕙。竇滔為秦州刺史，因罪流放流沙，蘇氏思念丈夫，織錦為迴文詩（即是縱橫反覆都讀得通的詩）寄給丈夫，詞甚淒婉。

❽ 玉人：美人，這裏指妓女。

❾ 水西橋：不知實地是在何處，應是指妓女居住的地區。

【詞意】

年復一年，你騎着馬兒，遊蕩在京城鬧市。你把旅舍當家，卻把家當作暫居的寄寓。銅錢買醉，終日無所事事，夜裏則紅燭高燒，通宵狂賭不睡。

妻子對你，真摯得一如蘇蕙織詩；而青樓女子，你難以看穿她們的心底情事。是男兒，理應記住西北國土淪亡，莫為神女分手，而在水西橋畔潸潸垂淚。

【賞析】

這首詞的上片寫林節推的放浪，豪飲狂賭，日夜不休，將時光虛擲。責備中帶着惋惜的語氣。

詞的下片寫對林節推的規勸，過片二句「易挑錦婦機中字，難得玉人心下事」對舉成文，婉轉地批評林節推拋下賢淑的妻子，卻去迷戀那些虛情假意的青樓女子。最後兩句筆鋒一轉，陡然振起，「男兒西北有神州」，這句話是全詞主旨之所在，規勸林節推「莫滴水西橋畔淚」，振作起來，以恢復中原為己任。把詞的思想境界提高到一個新的高度。

風入松

吳
文
英

【作者】

　　吳文英（1212〔？〕至1272年），字君特，號夢窗，四明（今浙江省寧波市）人。生平未做過官，而所與交遊的則頗多權貴。

　　吳文英的詞講究字句工麗，音律和諧，但他喜歡堆砌典故辭藻，內容顯得空泛，往往流於晦澀。著有《夢窗詞》。

【題解】

　　這首詞寫暮春時節對一個女子的思念。

　　詞中提到的西園在西湖，是吳文英和情人寓居之處，也是在這裏分別

的，所以吳文英有不少詞提到「西園」。

「黃蜂頻撲秋千索，有當時、纖手香凝」是吳文英的名句，令詞家讚歎不絕。

【詞文】

聽風聽雨過清明，愁草 ❶ 瘞花銘 ❷。樓前綠暗分攜 ❸ 路，一絲柳、一寸柔情。料峭春寒中酒 ❹，交加曉夢啼鶯。

西園日日掃林亭，依舊賞新晴。黃蜂頻撲秋千索，有當時、纖手香凝。惆悵雙鴛 ❺ 不到，幽階一夜苔生。

❶ 草：起草。

❷ 瘞花銘：南朝（梁）庾信寫過一篇〈瘞花銘〉，表示對落花的傷悼之情。瘞，音「意」，埋葬。

❸ 分攜：分別。

❹ 中酒：因醉酒而感到身體不適。中，音「眾」。

❺ 雙鴛：一對鴛鴦，這裏指女子的鞋履。

【詞意】

聽風聽雨，寂寞過清明。想學南朝庾信，寫篇葬花銘文，無奈心緒不好，未能寫成。看樓前昔日別離的小徑，如今濃柳成陰；那一縷縷柳絲，縈繫着我一寸寸的柔情。夜裏春寒料峭，我中酒不適，沉沉睡去，卻被啼

鶯驚破了清晨紛亂的夢境。

　　雖說別後多年，我依然日日打掃西園林木掩映中的亭榭，依然喜歡在那裏欣賞雨後新晴的春景。看那蜜蜂頻頻撲向秋千的繩索，那是伊人纖手握過，至今仍有香氣滯凝。多麼叫人惆悵啊 —— 園中再也不見伊人足跡，驚見幽暗的石階，忽然一夜綠苔遍生！

【賞析】

　　這首懷念舊時戀人的詞質樸淡雅，不論寫景寫情，寫現實或是寫回憶，都細膩委婉，情意真摯，沒有了詞人一向堆砌詞藻、片面追求形式典麗的缺點。

　　「黃蜂」兩句千古傳誦。「黃蜂頻撲秋千索」很可能是眼前實景，但是詞人的心中馬上想起了這是因為「有當時、纖手香凝」，昔日情人的倩影歷歷在目，這個超越時空的聯想，真是奇妙之極！

　　煞拍二句寫當年伊人常來西園，階上是不會生出青苔來的；如今人去已久，足跡杳然，所以青苔滋生，但是不說經時歷久而說「一夜苔生」，這樣的誇張，在事理上是虛構的，而在情理上卻是真實可信的。

唐多令・惜別

吳文英

【作者】

見第 254 頁。

【題解】

　　這是吳文英的代表作之一。在黃昇編的《花菴詞選》書裏，這首詞題作〈惜別〉，應是作者客居他鄉時送別女友的作品。

【詞文】

　　何處合成愁？離人 ❶ 心上秋 ❷。縱芭蕉、不雨也颼颼。都道晚涼天氣好，有明月，怕登樓。　　年事 ❸ 夢中休，花空煙水 ❹ 流。燕 ❺ 辭歸、客尚淹留 ❻。垂柳不縈 ❼ 裙帶住，漫 ❽ 長是 ❾、繫行舟。

❶ 離人：離家外遊的人。

❷ 心上秋：這是用拆字法把「愁」字拆成「心」和「秋」兩個字。

❸ 年事：年華，歲月。

❹ 煙水：煙氣迷濛的江水。

❺ 燕：這裏比喻辭歸的女友。

❻ 淹留：滯留。

❼ 縈：音「營」，纏繞，繫住。

❽ 漫：空，徒然。

❾ 長是：總是。

【詞意】

　　問愁何處來？—— 遊子心上秋！縱不下雨，芭蕉也颼颼作響，惹人愁。都說秋晚涼快天氣好，又有明月朗照，卻怕登樓。

　　青春年華，如同夢幻消逝，往事也如落花，隨着迷濛的江水漂流。女友像那飛燕，辭巢南返，我卻仍須他鄉滯留。啊，垂柳，你為何不繫住伊人的裙帶，偏偏總是綁着我的歸舟？

【賞析】

　　詞的上片寫秋天的離愁。開頭兩句採用拆字法，以「心上秋」合成「愁」字，語義雙關（「心上秋」也有愁的意思），頗有古代樂府風味。

　　下片寫與女友的惜別，詞人以幻夢、以落花、以流水比喻昔日的情愛已隨着女友的南歸而一去不復返了。煞拍二句的「縈」、「繫」二字都是從柳條綿長聯想出來的，「裙帶」則暗示對方的性別和彼此的關係。詞人怨恨垂柳不能繫住女友的裙帶，把她留在詞人身旁，在這「無理」的怨言恨語之中，透露出一份難言的真情。

謁金門

李好古

【作者】

李好古，字仲敏。籍貫、事跡及生卒年均不詳。

【題解】

宋理宗景定元年（1260 年），蒙古忽必烈稱帝，是為元世祖，率軍大力攻宋。南宋都城岌岌可危，而小朝廷的君臣卻仍然沉迷歌舞。這首詞描寫戰爭中家園破敗的景象，表現出詞人對時局的憂慮和對南宋小朝廷的失望。

【詞文】

花過雨，又是一番紅素❶。燕子歸來愁不語，舊巢無覓❷處。　　誰在玉關❸勞苦？誰在玉樓歌舞？若使胡塵❹吹得去，東風侯萬戶❺。

❶ 紅素：紅的花和白的花。

❷ 覓：尋找。

❸ 玉關：玉門關的簡稱，指代邊關。

❹ 胡塵：胡騎進犯揚起的煙塵。

❺ 侯萬戶：即萬戶侯，可以食邑萬戶（收萬戶的賦稅而食）。

【詞意】

一陣春雨過後，花園裏又是一番紅、白滿樹。燕子歸來，只見滿眼廢墟，難覓舊巢，愁得一句話都說不出。

試問誰在邊關勞苦？誰在玉樓歌舞？要是東風吹得走胡塵，就該給它封侯，讓它食邑萬戶。

【賞析】

這首詞上片描繪戰爭所造成的破敗景象，下片則揭示其社會原因。

上片首二句以蓬勃的春天反襯社會的荒涼、破敗，後二句以擬人法，

寄託作者對家園破敗的愁苦心緒。下片首二句用「玉關」與「玉樓」對比，有力地揭露造成家園破敗的原因是南宋小朝廷君臣耽於安樂、不思振作。煞拍二句藉眼前之物（即「東風」）擬人，表現作者對時局的憂慮和對南宋小朝廷的失望，語極沉痛。

　　這首詞只有四十多個字，運用反襯、擬人、對比等多種修辭手法，主題突出，思想深刻，是很有特色的作品。

柳梢青·春感

劉辰翁

【作者】

　　劉辰翁（1232至1297年），字會孟，號須溪，吉州廬陵（今江西省吉安市）人。景定三年進士，因殿試時論及朝政之失，直言不諱，觸犯了權要賈似道而被置丙等。宋亡後堅持民族氣節，以遺民身份隱居終生。

　　劉辰翁的詞雄健有力，情辭搖曳多姿。現存《須溪集》。

【題解】

　　詞題「春感」，從內容上看是寫南宋淪亡後臨安的元宵節，藉以抒發亡國之痛和故國之思。

【詞文】

　　鐵馬 ❶ 蒙氈 ❷，銀花 ❸ 灑淚，春入愁城。笛裏番腔 ❹，街頭戲鼓，不是歌聲。　　那堪獨坐青燈 ❺！想故國，高台 ❻ 月明。輦下 ❼ 風光，山中歲月 ❽，海上心情 ❾。

❶　鐵馬：指元軍的騎兵。

❷　蒙氈：冬天在戰馬身上披一層毛氈以保暖。

❸、銀花：指焰火。

❹　番腔：蒙人吹奏、演唱的腔調。番，舊時對外國或異族的通稱。

❺　青燈：燈光青熒，故曰「青燈」。

❻　高台：賞月之台。

❼　輦下：皇帝的車駕之下，指京師。輦，音離免切，皇帝的車駕。

❽　山中歲月：南宋滅亡之後，劉辰翁不肯出仕，在山中隱居。

❾　海上心情：指詞人念念不忘陸秀夫等人擁戴着宋帝昺在南海抵抗元軍的心情。

【詞意】

　　披着毛氈的元軍戰馬，在街上奔突；璀燦的焰火，猶如蒼天灑淚。春天不理人間哀愁，依然回到臨安故城。竹笛吹奏的是異族的番腔，街頭演唱的是元人的戲鼓。呸，這算是甚麼歌聲！

　　最使人痛苦的是獨坐對着一熒青燈。回想當年元宵，在京師高台賞月，那輪圓月何等光明！啊，何日重見臨安舊時繁華的風情！此時隱居山中，雖說歲月寂靜，可是我的心中仍然記掛着皇上帶領着他的臣民，還在

南海抗擊元兵。

【賞析】

　　這首詞的上片寫淪陷後京城的景象，起首三句，不但點出時代背景，而且點出時間，透出亡國之痛。「笛裏番腔」二句，描寫了亡國後元宵節的特點，處處是異族入侵者在歡歌狂舞，而作為遺民的作者，聽得討厭，脫口怒喝：「不是歌聲！」這種散文句法乾脆利落，斬釘截鐵，很好地表達了作者對元人強烈的蔑視。

　　下片大力抒情。作者回憶當年「高台月明」的昇平盛況，與今日元宵節的淒涼景象形成極為強烈的對比。煞拍三句語言跳躍，而包涵着巨大的思想內涵，把詞人身處亂山中孤獨的心境，與對故國的懷念、對抗元忠烈群英的景仰聯繫在一起，構成了一個完整的詞境。

聞鵲喜‧吳山觀濤

周密

【作者】

　　周密（1232 至 1308 年），字公瑾，號草窗，又號蕭齋、弁陽嘯翁、四水潛夫。祖籍山東濟南，是山東大族。後流寓吳興（今屬浙江省）。宋理宗淳祐年間為義烏令（今屬浙江省）。宋亡後隱居，不肯出來做官。

　　周密的詞師承周邦彥、姜夔，風格清雅秀潤，與吳文英並稱「二窗」（吳文英號夢窗，周密號草窗）。著有《蘋洲漁笛譜》、《草窗詞》。

【題解】

　　這是一首歌詠錢塘大潮的佳作。

吳山面臨錢塘江，背靠西湖，詞人立於山巔觀潮，居高臨下，遠天碧水、排天雪浪，統統一覽無遺，比起江堤觀潮，別有一番情趣。

【詞文】

　　天水碧❶，染就一江秋色。鰲❷戴雪山龍起蟄❸，快風吹海立。　　數點煙鬟❹青滴，一杼❺霞綃❻紅濕。白鳥❼明邊帆影直，隔江聞夜笛。

❶　天水碧：一種淺青色。相傳李後主的宮女染衣成碧色，晾於室外，經夜露一打，碧色更為悅目，故稱「天水碧」。

❷　鰲：音「遨」，傳說中的大海龜。相傳渤海中有五座神山，常隨潮水上下往還，玉皇大帝擔心它們漂走，便命令神仙派十五隻巨鰲輪班用頭頂住大山。

❸　起蟄：從蟄伏中醒起。蟄，音「侄」，指動物冬眠時在土裏潛伏。

❹　煙鬟：形容籠罩着雲霧的峰巒如同女子的髮髻。

❺　杼：音「柱」，織布的梭，這裏借用作量詞。

❻　綃：音「消」，生絲織成的薄綢。

❼　白鳥：指白色的鷗鳥。

【詞意】

　　秋日的錢塘，染就滿江「天水碧」。忽然江潮湧至，潮頭如同神龜馱來座座的雪山，又像是蟄伏的巨龍初醒起。疾風吹水，怒濤壁立。

等到潮平風息，只見數點被潮水沖洗過的青山，在煙霧中蒼翠欲滴；天邊的紅霞，猶如一匹紅色的薄紗，還帶着潮水噴灑過的濃濃濕意。寬闊的江面上，鷗鳥閃亮着牠的白翅，追逐着平靜的帆影翻飛。天色漸漸昏黑，隔江傳來了悠揚的夜笛。

【賞析】

　　詞的上片寫海潮欲來和到來，「鰲戴」二句以豐富的想像、洗練的語句，把錢塘大潮的特點、氣勢，描畫得有聲有色，令人驚心動魄。

　　詞的下片寫潮過後江上的景色，「數點」二句，描寫遠山與天邊的紅霞都被剛才的怒潮打濕，這是從側面誇飾錢塘大潮是如何的洶湧澎湃、裂岸拍天。煞拍二句極寫江面之靜，與潮來時「鰲戴雪山龍起蟄，快風吹海立」的情景形成強烈的反差，給人的印象之深，難以磨滅。

酹江月‧和友驛中言別

文天祥

【作者】

　　文天祥（1236 至 1283 年），字履善，一字宋瑞，號文山。吉州盧陵（今江西省吉安市）人。宋理宗寶祐四年（1256 年）考取進士第一（即是中狀元），年方二十。

　　宋恭宗德祐元年（1275 年），元軍渡江南侵，直逼臨安。文天祥在贛州知州任上，捐出全部家產作軍費，發兵「勤王」（救援朝廷），次年任右丞相，前往元軍營中談判，被強行扣留。在被押解北上途中，脫險逃出。沿海路南下，到福州與張世傑、陸秀夫等朝臣聚兵抗元，不久退入廣東。宋端宗景炎三年（1278 年）兵敗被俘。次年宋亡，文天祥被解送大都（今北京），被囚四年，寧死不降。最後在柴市被殺害。

　　文天祥晚年的詩詞，表現了他堅貞的民族氣節和頑強的戰鬥精神。風

格慷慨激昂，蒼涼悲壯，具有強烈的感染力。有《文山樂府》。

【題解】

這首詞是和（「唱和」的「和」）鄧剡（音「染」）〈酹江月‧驛中言別〉而作。

宋祥興元年（1278 年）十二月，文天祥在廣東海豐五坡嶺被元軍俘獲。次年，南宋徹底覆亡，文天祥與其同鄉好友鄧剡一起被元軍押解北上。至建康（今南京市）後，鄧剡因病滯留就醫，於是填〈酹江月〉一首，在建康驛館與詞人訣別，詞人亦賦此詞作答，兩首詞都是用蘇軾〈念奴嬌‧赤壁懷古〉的韻。

這首詞對國亡家破、身遭不幸表示深切的悲哀和憤慨，同時表達了矢志報國、丹心不滅的壯志豪情。詞中的「鏡裏朱顏都變盡，只有丹心難滅」，充滿了沉鬱的英雄遲暮之感，又與作者〈過零丁洋〉詩中的「人生自古誰無死，留取丹心照汗青」異曲同工，堪稱警句，千百年之下讀來，仍覺正氣凜人。

【詞文】

乾坤能 ❶ 大，算蛟龍、元不是池中物 ❷。風雨牢愁 ❸ 無着處 ❹，那更 ❺ 寒蟲 ❻ 四壁？橫槊題詩 ❼，登樓作賦 ❽，萬事空中雪。江流如此，方來 ❾ 還有英傑。　　堪笑一葉飄零，重來淮水 ❿，正涼風新發 ⓫。鏡裏朱顏都變盡，只有丹心難

滅。去去 ⓬ 龍沙 ⓭，江山回首，一線青如髮 ⓮。故人應念，杜鵑枝上殘月 ⓯。

❶ 能：如此，這樣。

❷ 「算蛟龍」句：化用《三國志‧周瑜傳》周瑜論劉備之語：「恐蛟龍得雲雨，終非池中物也。」這裏以「蛟龍」比喻詞人自己與鄧剡。元，同「原」。

❸ 牢愁：憂愁。

❹ 無着處：無處安放。

❺ 那更：更兼。

❻ 寒蟲：指蟋蟀。

❼ 橫槊題詩：蘇軾〈前赤壁賦〉：「（曹操）方其破荊州，下江陵，順流而東也，舳艫千里，旌旗蔽空，釃酒臨江，橫槊賦詩。」槊，音「朔」，長矛，古時一種武器。橫槊，即是橫拿着槊。

❽ 登樓作賦：東漢末年，王粲因西京戰亂，依附荊州劉表，不受重用，偶登當陽城樓，感傷時事，激情不已，於是作〈登樓賦〉抒發懷才不遇及思鄉之情。

❾ 方來：將來。

❿ 淮水：指秦淮河，源出今江蘇溧水東北，西北流至南京東南，橫貫城中，西出匯入長江。

⓫ 正涼風新發：剛好遇上新颳秋風。詞人這次被押至建康時不久便逢立秋，所以這麼說。

⓬ 去去：越去越遠。

⓭ 龍沙：白龍堆沙漠，泛指塞外沙漠之地。

⓮ 一線青如髮：化用蘇軾〈澄邁驛通潮閣二首〉其二：「青山一髮是中原。」是說遙望中原，青山一線，細如毛髮。

⓯ 「故人」二句：詞人同時所作〈金陵驛二首〉其一：「從今別卻江南日，化作啼

鵑帶血歸。」因此這二句可以理解為：當殘月之夜杜鵑在枝頭啼血時，你應該想到，那就是我歸來的魂魄。故人，老朋友，指鄧剡。

【詞意】

乾坤偌大，蛟龍原非池中物，淺窄的水塘怎能將牠拘束。夜來風雨，正愁思難排，更兼四壁秋蟲唧唧。此前橫槊題詩的豪興、登樓作賦的憂情，都已逝去如空中飛雪。大江後浪疊前浪，將來必有無數英雄豪傑。

可笑自己飄零，如一片落葉；如今重來淮水，正秋風新發。鏡裏的青春容顏已經老去，只有丹心耿耿，永不泯滅！此一去塞外荒沙之地，回首故國，中原青山細如一髮。老友啊，當殘月之夜杜鵑在枝頭啼血，您應想到，那就是我歸來的魂魄。

【賞析】

寫這首詞的時候，作者身已為囚，且與好友分別，但是詞中沒有絲毫亡國後消極、低沉的哀婉情緒，沒有頹唐萎靡的言語，通篇氣貫長虹，字字血淚，感情如噴發的火山。

這首詞上片抒恨，下片言別。

「乾坤能大，算蛟龍、元不是池中物」，詞一開始便定下了壯烈豪邁的基調。詞人以暫困池中的蛟龍自喻，表示被囚不屈。接着以「風雨」、「寒蟲」烘托囚徒淒苦的生活，以空中飛雪比喻自己文治武功方面的抱負破滅。以「江流如此」比喻愛國事業後繼有人。

鄧剡在〈酹江月・驛中言別〉贈詞中以堅守節操與文天祥互相勉勵，作者在這首詞的下片以斬釘截鐵的言語作了回答：「丹心難滅！」表示此心此志，至死不渝。

　　王國維《人間詞話》稱讚文天祥的詞「風骨甚高，亦有境界」，這種豪邁風格，在南末詞壇很難找出第二個能夠與之相比的人來。

齊天樂・蟬

王沂孫

【作者】

　　王沂孫（沂，音「宜」），字聖與，號碧仙，又號中仙、玉笥山人（笥，音「自」），會稽（今浙江省紹興市）人。生卒年不詳，元初做過慶元路（今浙江寧波一帶）學正（教官）。

　　王沂孫的詞多詠物，寄託深遠，委婉動人，陳廷焯稱讚他的詠物詞「空絕古今」（見《白雨齋詞話》）。有《花外集》，又名《碧山樂府》。

【題解】

　　這是一首詠物的名作，詞人以秋蟬自喻其沒落的身世，寄寓着對於

故國承平之日的一份懷戀。通篇充滿了「餘恨」、「斷魂」、「鉛淚」、「病翼」、「枯形」，一片淒楚之情，南宋淪亡之後士大夫階層的頹喪心境於此可見一斑。

【 詞文 】

　　一襟餘恨宮魂斷 ❶，年年翠陰庭樹。乍咽涼柯 ❷，還移暗葉 ❸，重把離愁深訴。西窗過雨。怪瑤佩 ❹ 流空，玉箏 ❺ 調柱 ❻。鏡暗 ❼ 妝殘 ❽，為誰嬌鬢 ❾ 尚如許？　　銅仙 ❿ 鉛淚 ⓫ 似洗，歎移盤去遠，難貯寒露。病翼驚秋，枯形閱世 ⓬，消得斜陽幾度？餘音更苦。甚獨抱清高 ⓭，頓成淒楚。謾 ⓮ 想薰風 ⓯，柳絲千萬縷。

❶ 「一襟」句：典故出自馬縞《中華古今注》：「牛亨問曰：『蟬名齊女者何？』答曰：『昔齊后忿而死，屍變為蟬，登庭樹嘒唳而鳴。王悔恨。故世名蟬曰齊女也。』」因為蟬是宮人的魂魄所化，故稱「宮魂」。一襟，滿腔。遺恨，餘恨。

❷ 涼柯：秋天的樹枝，因樹葉凋落而顯得稀疏。

❸ 暗葉：茂密的樹葉。

❹ 瑤佩：玉佩，古人身上佩帶的玉質裝飾品。

❺ 玉箏：有玉石為飾的箏。箏，一種弦樂器。

❻ 調柱：調弄樂器的弦柱。

❼ 鏡暗：銅鏡因生鏽而變得昏暗。

❽ 妝殘：女子容顏憔悴。形容秋日的蟬如同老去的女子。

❾ 嬌鬢：借喻蟬翼的嬌美。崔豹的《古今注》載，魏文帝（曹丕）寵愛的宮女莫

瓊樹創製一種新髮型，名叫「蟬鬢」，縹緲如蟬翼。

❿ 銅仙：漢武帝為了長生不老，在長安建章宮鑄造了一個銅人，手托銅盤，承接
天上的露水，供他飲用。漢亡後，魏文帝派人將它拆移魏宮，據說拆運之時，
銅人流出眼淚。後來多作為哀傷亡國的典故被使用。

⓫ 鉛淚：下淚像鉛熔化，形容淚水多。

⓬ 閱世：閱歷世事。

⓭ 清高：有的版本作「清商」。

⓮ 謾：徒然。

⓯ 薰風：南風，指夏天，是蟬的黃金時期。

【 詞意 】

　　齊女怨魂，懷着滿腔遺恨，年年悲啼在綠陰翠樹。剛在稀疏的枝頭哽
咽，忽又飛到密葉之間，把離別的愁苦從頭傾訴。一場秋雨灑過西窗，驚
聞蟬聲清越，像是空中傳來瑤佩珊珊玉音，又如誰在撥動玉箏的弦柱。銅
鏡生鏽，變得昏暗，容顏也已憔悴、衰殘，蟬美人啊，你的雙翼卻又為誰
整飾得嬌美如許？

　　漢宮裏的銅仙淚流滿面，悲歡銅盤已被移遠，何物承接晶瑩朝露？秋
蟬無以為飲，病翅又受西風摧殘，只剩下枯槁的形骸閱歷着人世，試問還
能捱得斜陽幾度？生命行將結束，蟬鳴更加哀苦，為何牠獨自懷抱着清高
操守，卻驟然落得如此淒楚。啊，牠也許正在懷念美好的夏日 —— 薰風
陣陣，柳絲千縷萬縷……

【賞析】

王沂孫這首〈齊天樂〉，借詠蟬為名，把對亡國的哀痛和對身世的感懷揉在一起，寫得哀婉淒惻。

上片開頭兩句，便以「遺恨」、「年年」四個字統領全篇，繼以「咽」、「移」、「離愁」、「怪」諸句，充實「遺恨」二字的內容，同時寫出自己處於「鏡暗妝殘」的年代，卻仍「嬌鬢如許」的矛盾與自責。

下片頭一句「銅仙」入曲，暗指南宋淪亡，然後用「移盤」、「難貯」、「病翼」、「枯形」、「淒楚」，一步步渲染出宋亡後極其苦痛難捱的現實。結句回想夏日盛景，寄寓詞人對故國昇平之日的懷戀。這一筆逆寫，與全詞淒怨的情調形成強烈的反差，更襯托出「遺恨」難消的沉鬱。

這首詞的成功之處，在於作者運用了非常高妙的技巧，把所詠的物（「蟬」）和要表達的情緒（家國之恨和身世之感），把物我彼此間共通的現象連貫起來，處處貼切相關地「言」了「志」，而不留半點斧鑿的痕跡。

一剪梅·舟過吳江

蔣
捷

【作者】

　　蔣捷（生卒年不詳），字勝欲，陽羨（今江蘇省宜興市）人。宋度宗咸淳十年（1274 年）進士。宋亡後隱居太湖中的竹山，自甘過着清貧的生活而不肯在元的朝廷做官，人稱「竹山先生」。

　　蔣捷的詞煉字精深，音詞諧暢，風格多樣，有不少追昔傷今之作。今傳《竹山詞》。

【題解】

　　這首詞通過舟過吳江（指流經江蘇吳江縣的吳淞江）時所見的情景，

抒寫遊子思歸、感歎流光易逝的心情。

【詞文】

　　一片春愁待酒澆。江上舟搖，樓上帘招 ❶。秋娘渡與泰娘橋 ❷，風又飄飄，雨又蕭蕭。　　何日歸家洗客袍？銀字笙 ❸ 調 ❹，心字香 ❺ 燒。流光 ❻ 容易把人拋，紅了櫻桃，綠了芭蕉。

❶　帘招：本指酒家的招子，即酒旗，這裏的「招」作動詞用，意思是招手或招展。

❷　秋娘渡、泰娘橋：吳江沿途的地名。

❸　銀字笙：樂器名，笙管的一種。

❹　調：音「條」，調弄樂器。

❺　心字香：繞成篆體「心」字形的薰香。

❻　流光：流逝的歲月。

【詞意】

　　心頭的春愁借酒澆。吳江上客船飄搖，酒樓上酒旗向人把手招。過了秋娘渡，來到泰娘橋，一路春風拂拂，春雨蕭蕭。

　　啊，何時才能歸家，脫洗遊子的衣袍？閒把銀字笙管調弄，靜把心字薰香輕燒。時光流逝催人老，轉眼間又是春去夏來：花兒謝了結櫻桃，綠色染肥了芭蕉。

【賞析】

　　〈一剪梅〉詞牌的特點是在舒徐（七字句）與急促（四字句）的節奏交替中顯現它動人的音樂性。這首詞四組四字相疊的排句，寫得特別靈動流麗，使它無愧於列入周邦彥以來所出現的〈一剪梅〉名篇之中。

　　如「江上舟搖，樓上帘招」，寫出水上陸上行人坐商的小城熱鬧景象，「搖」字可以想見舟船的顛簸，「招」字可以想見酒帘的誘人。

　　又如「風又飄飄，雨又蕭蕭」，讓人可以產生聽覺上的風聲雨聲，感觸到那飄飄揚揚、如絲不絕的梅雨和詞人心中的愁緒。

　　此外如「銀字笙調，心字香燒」描寫對溫馨、寧靜家庭生活的嚮往，以及「紅了櫻桃，綠了芭蕉」通過一「紅」一「綠」巧妙地暗示了春去夏來的時序推移和對年華流逝的感慨，也都是值得我們細細體味的。

高陽台‧西湖春感

張炎

【作者】

　　張炎（1248 至 1320〔？〕年），字叔夏，號玉田，又號樂笑翁，臨安（今浙江省杭州市）人。是南宋初年大將張俊（封「循王」）的六世孫。宋亡前，在京城過着貴族公子的優裕而風流的生活。宋亡後，家門破落（祖父張濡被元人磔殺，家財被抄沒），流離失所。元世祖至元二十七年（1290 年）曾北上元都，希望謀得一官半職，結果失意而歸，晚年在浙東、蘇州一帶漫遊作客，淒涼而終。

　　張炎的詞多淒涼蕭瑟之音，在藝術方面以流麗清暢見長，用字工巧，追求典雅。他曾從事詞學研究，對詞的音律、技巧、風格皆有論述。著有《山中白雲詞》、《詞源》。

【題解】

這首題詠西湖的詞，當是寫於宋亡之後，詞人北遊南歸，重遊西湖時所作。

這首詞描寫了西湖殘春景色，藉以抒發亡國破家的哀感，是張炎的代表作。

【詞文】

接葉❶巢鶯，平波卷絮❷，斷橋❸斜日歸船。能幾番遊？看花又是明年。東風且伴薔薇住，到薔薇、春已堪憐。更淒然，萬綠西泠❹，一抹荒煙。　　當年燕子❺知何處？但苔深韋曲❻，草暗斜川❼。見說❽新愁，如今也到鷗邊。無心再續笙歌夢，掩重門、淺醉閒眠。莫開簾，怕見飛花，怕聽啼鵑❾。

❶ 接葉：茂密相接的樹葉。

❷ 絮：柳絮。

❸ 斷橋：西湖裏湖與外湖之間的一座橋。

❹ 西泠：橋名，在孤山下，是裏湖西端與外湖的分界。泠，音「零」。

❺ 當年燕子：自劉禹錫「舊時王謝堂前燕，飛入尋常百姓家」（〈烏衣巷〉）的詩句一出，燕子常用作感歎世事滄桑的意象。

❻ 韋曲：韋曲在長安城南，是貴族韋氏聚居的地方。

❼ 斜川：斜川在江西星子境內，晉代隱士、詩人陶潛曾前往遊覽。韋曲與斜川，

這兩處都不是實指，而是借指同類性質的環境。

❽ 見說：聽說。

❾ 啼鵑：杜鵑鳥在暮春時啼鳴，相傳牠是古代蜀國失去了王位的國君杜宇的亡魂所幻變的。因此「啼鵑」常用來作為哀傷亡國之悲的意象。

【詞意】

濃密的樹葉將築巢樹間的黃鶯遮掩，漲起的湖水將輕輕飄落的柳絮漫捲。夕陽斜照着回到斷橋旁邊的遊船。啊，還能再來西湖遊覽幾回！要賞春花，又得等到明年。東風呀，你且停下腳步，陪伴陪伴薔薇吧！花兒開到薔薇，春天已經殘得可憐！回望西泠橋畔的蔥綠林木，蒙上一層荒寒的暮靄，更加令人傷感。

當年的燕子，如今飛向何處？但見青苔染綠了昔日的繁華之地，荒草遮暗了隱士之鄉。水鷗一向自由快活，聽說新近憂愁也到了牠的身邊。如今，哪有興致再去逐樂追歡？我關上重重門扉，淺醉閒眠。請別拉開門窗的簾幔，我怕見落花飄零，怕聽啼鵑哀怨。

【賞析】

這首詞上片描寫西湖的晚春景色，下片則偏重抒發今昔興衰之感。因為詞題是〈西湖春感〉，所以詠物賦景，都緊扣西湖暮春景色，同時着力描繪那「荒煙」、「苔深」、「草暗」等淒涼景象，把傷春與傷亡聯繫在一起來寫。

「見說」兩句以水鷗影射作者本人，形象地表現出承平公子淪為江湖遺民的幽怨心態：作者原本也像是無憂無慮的鷗鳥，可是如今也沾惹了愁思。「無心」以下直抒胸臆，悲歡貴賤凋零，繁華夢斷，亡國喪家之痛躍然紙上，是本篇的點睛之筆。